MIRI SMITH

Eisprinzen küsst man nicht

Ein weihnachtlich
romantischer Kurzroman

AF210951

Die Autorin

Miri Smith wurde 1982 geboren. Schon als Kind begeisterten sie vor allem rätselumwobene Geschichten. Ihre Liebe zum Schreiben und Backen entdeckte sie als Jugendliche. Nach ihrem Oecotrophologie-Studium arbeitete sie viele Jahre als Rezeptentwicklerin für Kochbücher und Kundenmagazine. In dieser Zeit veröffentlichte sie ihre ersten beiden Fantasy-Romane. Darauf folgte die beliebte Krimi-Reihe „Elsy Moore", von der wir auch in Zukunft weitere Bände erwarten dürfen. Und nicht nur das. Miris Herz schlägt gleichermaßen für knisternde Wohlfühl-Liebes-Romane. Ihr habt Lust mehr über Miri und ihre Bücher zu erfahren? Auf Instagram postet sie regelmäßig Neuigkeiten (@miri.smith.autorin).

MIRI SMITH

Eisprinzen küsst man nicht

Ein weihnachtlich romantischer Kurzroman

Bibliografische Information der Deutschen Nationalbibliothek: Die Deutsche Nationalbibliothek verzeichnet diese Publikation in der Deutschen Nationalbibliografie; detaillierte bibliografische Daten sind im Internet über http://dnb.dnb.de abrufbar.

Buchumschlag und Buchsatz: Miri Smith, unter der Verwendung einer Bildlizenz von Shutterstock.com (Künstlerin: Ekaterina Beskova)

Herstellung und Verlag: BoD - Books on Demand, Norderstedt

ISBN: 978-3-7578-9203-6

Playlist

Deck The Halls – Nat King Cole
Rockin' Around the Christmas Tree – Brenda Lee
I Wanna Dance with Somebody – Whitney Houston
A Moment Like This – Kelly Clarkson
It's the Most Wonderful Time of the Year – Andy Williams
Cold December Night – Michael Bublé
I Follow – Loi

Von Traumschlössern und Weihnachtswünschen

Heiß ... heiß ... und wieder heiß ... Jedes verdammte Foto von diesem Mann war heiß. Alma schnaubte grüblerisch. So viel körperlicher Perfektionismus tat einem einzigen Individuum gewiss nicht gut. Schon gar nicht ihm, der ohnehin wie ein Adliger in Vermont hofiert wurde. Sie rümpfte wie aus Reflex die Nase, scrollte die Bildersuche im Internet jedoch trotzdem weiter nach unten, sodass neue Bilder von ihm geladen wurden.

Natürlich, tat sie das. Man musste schließlich wissen, mit wem man – beziehungsweise die Stadt – es bald zutun bekam. Genau! Der Astralkörper dieses Mannes interessierte sie kein Stück. Hüstl.

Da sich die neuen Fotos kläglich langsam vor ihr aufbauten, nahm sie einen genüsslichen Schluck ihres Kaffees. Die Internetverbindung im Primrose Inn – ein schnuckeliges Bed & Breakfast, in dem Alma seit dem Sommer arbeitete – war heute wieder einmal schlichtweg grottig. Ob es an der hartnäckigen Schneefront lag, die seit Tagen ihre Heimatstadt Jolly Tree heimsuchte, konnte sie nicht sagen. Im Grunde machte die Schnelligkeit des Internets der eines Faultiers aus *Zoomania*, ihrem Lieblingsfilm, in regelmäßigen Abständen Konkurrenz.

Aber daran konnte sie nichts ändern, weshalb sie entspannt ihr Getränk genoss. Alma leckte sich über ihre Lippen. Das

Haselnussaroma schmeichelte ihrer Zunge. Der Kaffee war ihr an diesem Vormittag besonders gut gelungen. Was sicherlich dem ordentlichen Schuss Sahne geschuldet war und dem noch großzügigeren Schuss Haselnusssirup, der sich klammheimlich in ihre Weihnachtstasse verirrt hatte.

Sie bezweifelte, dass diese Kalorien trächtige Mischung ihrer Figur guttat, größtenteils, weil sie an den Hüften schnell ansetzte, aber der Tag schrie einfach nach einem Gaumenschmeichler. Und was sollte sie sagen, sie war ein Genussmensch und ihre kurvige, wenn auch schlanke Figur gehörte zu ihr wie die Sterne an den Himmel. So war sie. Und anders wollte sie auch nicht sein. Alma grinste in sich hinein und nahm einen weiteren heißen Schluck. Herrlich … Der Kaffee wärmte sie von innen. Zeitgleich kuschelte sie sich tiefer in ihren weichen Strickpulli.

Wollpullis waren zu dieser Zeit Pflicht in Vermont. Die Minusgrade, der Schnee, der eisige Wind hatten die Gegend in den Wintermonaten fest im Griff. Und ein dicker Wollpulli verschaffte am einfachsten Abhilfe. Außerdem waren sie hübsch anzusehen. Überhaupt war Alma eher der Typ *Jeans und Pulli*, als dass sie auf Kleider und Kostüme stand. Und für ihre Arbeit im B&B war ihr Kleidungsstil sowieso praktischer.

Ein lautes Rumsen entriss Alma ihren Gedanken und ließ sie zur Decke blicken. Sie musste schmunzeln. Schwere Rollgeräusche waren zu hören. Bestimmt fuhren zwei Koffer den obigen Flur entlang. Es musste so sein.

Becky und Sil, die Besitzerinnen des Primrose Inn, verreisten für eine Woche. Nach dem Frühstück hatten die beiden älteren Damen die letzten Dinge zusammenpacken wollen, nun schienen sie für die Abreise bereit.

Almas Blick schweifte umher. Für eine Woche war dies ihr alleiniges Refugium. Sie saß hinter der Rezeption des urigen viktorianischen Gebäudes, das innen wie außen wie aus einer anderen Zeit zu stammen schien. Die konservativen, plüschigen Vierzigerjahre bestimmten das Bild und die Weihnachtsdeko – geschmackvoll gehalten, mit einem Hauch von Kitsch. Ihre beiden Chefinnen legten großen Wert darauf, die Weihnachtsstimmung ihrer Gäste, insbesondere die der Singles, auf der Skala weit nach oben zu treiben. Laut Becky und Sil gab es keine bessere Jahreszeit, um Menschen unter die Haube zu bringen.

Nicht ohne Grund waren sie das berühmt berüchtigte Verkupplungsduo von Jolly Tree. Letzte Weihnacht hatten sie ihrer Nachbarin, sowie mittlerweile lieben Freundin, Mia und James einen Schubs verpasst, im wahrsten Sinne des Wortes.

Und wer wusste schon, wer dieses Jahr dran glauben musste.

Hotelgäste sicher nicht.

Denn es gab fast keine. Zumindest momentan nicht.

Es war Anfang Dezember, noch drei Wochen bis Weihnachten. In knapp anderthalb Wochen würde der Trubel losgehen, doch jetzt: Es war die Ruhe vor dem Sturm. Weshalb sich die beiden Frauen, die gleichzeitig beste Freundinnen sowie Cousinen waren, dazu entschieden hatten, ihre übrige Familie in Maine bereits jetzt zu besuchen, um sich an Weihnachten voll und ganz auf ihr Geschäft konzentrieren zu können.

Die einzige Person, um die sich Alma demnach kümmern musste, war ihr Dauergast Miles, der unlängst zum Inventar gehörte. Der alte Mann lebte seit dem Tod seiner geliebten Frau in einem winzigen Zimmer im Erdgeschoss. Er nutzte das Wohnzimmer und wenn er nicht dort zu finden war, machte er das hiesige Diner im Ortskern unsicher. Miles war mit seinen achtundachtzig Jahren ein Urgestein von Jolly Tree. Er kannte jeden und wusste alles, obwohl er von sich aus nicht viel sprach. Nichtsdestotrotz, der Mann war eine wandelnde Zeitmaschine, weil er alles erinnerte, wenn man ihn bloß fragte. Der Mann war auf Zack.

Alma mochte ihn. Sehr.

Und sie mochte den Anblick des Mannes, der ihr mit sturem Blick vom Bildschirm aus entgegenflimmerte. Sexy. Ver-

schlossen. Sexy smexy.

Sie lachte über ihre eigene Wortwahl. Und seufzte sogleich. Eigentlich hatte sie weitaus Besseres zu tun. Nämlich Bewerbungen schreiben. Bekanntlich fiel ein neuer Job ja nicht vom Himmel. Und sie hatte auch schon begonnen. Ihr Laptop stand bereit, ihr Kaffee. Wäre ihr nicht diese eine verheerende Push-Nachricht auf ihrem Handy in die Quere gekommen.

Die Eilmeldung der Bostoner Tageszeitung lautete *Calum Prince räumt auf.* Der Artikel kündigte Prince' Besuch in Jolly Tree und der Nachbarstadt Graceful Tree an, wo Büros und einige Fertigungsstätten ihrer Möbelmanufaktur ansässig waren.

Die Familie Prince stand für hochwertige Designermöbel. Die älteste und traditionellste ihrer Designlinien produzierten sie hier in dieser Gegend. Die Prince' waren steinreich. Kein Wunder, dass sie in Neuengland wie eine Königsfamilie behandelt wurden. Darüber hinaus waren sie ein wichtiger Arbeitgeber für viele der Einwohner, wie damals für ihren Großvater, der zum Glück längst in Rente war. Und das war der Grund gewesen, warum sie Calum Prince eigentlich gegoogelt hatte.

Tja, und irgendwie war sie dann an seinen überaus interessanten Fotos kleben geblieben. Wie er im Anzug in eine Limousine stieg. Wie er Tennis spielte. Und wie er mit einer attraktiven Begleitung, die Beine hatte bis zum Mond, über den roten Teppich flanierte.

Mit dem Jungen von damals hatte er nichts gemein.

Ein einziges Mal war sie ihm begegnet. Gut, zweimal. Aber das zweite Mal zählte nicht, weil er sie überhaupt nicht beachtet hatte. Nur beim ersten Mal. Sie war dreizehn gewesen, er fünfzehn. An einem Tag in den Sommerferien hatte sie ihren Großvater in der Werkstatt besucht, während Calum ein Praktikum in der Firma seines Vaters absolvierte. Was einen Besuch der Werkstätten einschloss. Alma selbst hatte an den

Werkbänken mitgeholfen. Unter Aufsicht Bretter geschnitten. Gebohrt. Gesägt. Der süße Junge mit der Brille, der schüchtern durch die Gegend schaute, hatte sie dabei beobachtet, indes keinen Ton gesagt. Und dennoch hatte sie gewusst, dass er sie in diesem flüchtigen Moment mochte. Und sie hatte ihn gemocht. Den restlichen Sommer über hatte sie von seinen warmen, braunen Augen geträumt. Drei Jahre später hatte sich das Objekt ihrer Begierde als totalen Reinfall erwiesen. Der sympathische Junge war einem zugeknöpften, jungen Mann gewichen, der ausgesehen hatte, als interessierte ihn nichts. Bis auf seine vollbusige, viel zu alte, wenn auch sexy Freundin. Auf einer Party zum Firmenjubiläum war er pflichtbewusst mit ihr aufgekreuzt und obwohl Alma ihn freundlich begrüßt hatte, hatte er lediglich genickt. Nichtssagend und unterkühlt.

Ein gemeiner Stich hatte sie in diesem Moment tief in ihr Herz getroffen, aber dann hatte ihr aufmüpfiges, jugendliches Ich beschlossen, dass andere Mütter auch hübsche und vor allem nette Söhne hatten. Und wer sie nicht wollte, hatte eben Pech gehabt, redete sie sich selbst gut zu. Bis zum heutigen Tage. Das musste sie …

Und trotzdem, damals wie heute: Er sah verboten gut aus. Heutzutage verführerisch, auf eine sehr männliche und gleichzeitig versteckt süße Weise. Als schlummerte hinter der verschlossenen Fassade aus markanten Gesichtszügen ein … sie wusste es nicht … ein aufmerksamer Mann, schüchtern. Ein Mensch, der viel nachdachte und gerne Späße trieb, sich allerdings nicht traute. Aber vielleicht war sie auch die Einzige, die es so sah, weil sie ein albernes Bild aus ihrer Kindheit von ihm in ihrem Herzen trug.

Im Grunde schien er kalt wie ein Fisch. Wie eine steife Forelle, die im Winter in einem flachen See gleich mit eingefroren war. Schon oft hatten Gerüchte die Runde gemacht, dass die Eisprinzen – auf die Art titulierte die Presse die erwachsenen Söhne der Familie – unnahbare Männer waren. Während

Calum mit Anfang dreißig konsequent den Geschäften seiner Firma nachging und keine Zeit für ein Privatleben hatte, frönte sein jüngerer Bruder anderen Leidenschaften. Vornehmlich in horizontaler Ebene. Mit Models und Schauspielerinnen. Doch binden, wollte er sich nicht. Die beiden waren unerreichbar.

»Alma, mein Herz!?«, weckte Becky sie aus ihrem Tagtraum. »Hast du die Tickets für uns?«

Alma schüttelte sich. Herrgott! Wie weit war sie weg gewesen, dass sie nicht bemerkt hatte, wie die zwei den Flur heruntergekommen waren? Egal!

Becky lächelte ihr liebevoll zu und wartete.

»Sicher. Kleinen Moment …« Sogleich schloss sie das Fenster des Internetbrowsers – Vorsicht war besser als Nachsicht. Die zwei mussten nichts von ihrer … ihrer … was auch immer wissen. – und zog die beiden Papierumschläge mit den Hin- und Rückreisetickets aus der Schublade. – Becky und Sil reisten mit einer Buslinie von Vermont an die Küste.

»Danke. Und du bist bereit?«, versicherte sich Becky, die resolutere der Cousinen, obgleich ihre Frage, wie sie selbst wusste, unbegründet war.

Gut …, für eine Woche übernahm sie die alleinige Verantwortung für das B&B, aber was sollte schon passieren!? In Jolly Tree … »Ich bin bereit. Ihr braucht euch keine Sorgen machen. Und wenn ich mal eine Frage haben sollte, Miles ist doch hier.«

»Natürlich.« Silvia nickte zustimmend und zog sich zeitgleich ihre dicke Winterjacke über. Daraufhin richtete sie ihr Haar. Sie trug einen glatten, blonden Bob, der stets akkurat liegen musste.

Becky hingegen hatte eine dunkle Kurzhaarfrisur. Klassisch und praktisch. Genau wie ihre Kleidung.

Und beide waren herzensgut, sah man einmal von ihrer Passion des Kuppelns ab. Die Freundinnen hatten ihr eine Chance gegeben, einen Job, als Derick, dieser Arsch von einem Exfreund, sie von dem einen auf den anderen Tag vor die

Tür gesetzt hatte. Sie hatte ihr Zuhause verloren und ihren Job. Und sie bekräftigten sie, ihre Ziele weiterzuverfolgen. Sie wussten, für Alma war das B&B nur ein Zwischenstopp. Ein schöner, heimeliger Zwischenstopp. Nichtsdestotrotz ein Zwischenstopp.

»Bitte zögere aber nicht, uns anzurufen. Du kannst uns immer erreichen. Du bist nicht allein«, ergänzte Sil und verabschiedete sich mit einer innigen Umarmung von ihr.

»Das weiß sie«, verkündete Becky und tat es ihr nach. Eilig, da der Bus nicht wartete, tauschten sie letzte Wünsche und im Nu waren die Frauen aus dem Haus.

Jetzt hieß es: Recherchieren, Bewerbungen schreiben und gen Universum beten, dass sie mit ihren Qualifikationen ihren Traumjob erhielt.

Ihren Traumjob …

Den hatte sie gehabt, als sie mit Derick zusammengearbeitet hatte. Sie waren nicht nur im Privaten ein Team gewesen, sondern auch im Berufsleben. Derick hatte für das Unternehmen der Familie Prince: The Prince Finest Design Inc. im Außendienst gearbeitet. Er hatte mit Holzhändlern in der ganzen Region verhandelt und die umliegenden Werkstätten in allerhand Fragen zum Thema Holz beraten. Und dafür ein irrsinniges Gehalt kassiert. Dabei hatte sie, rückblickend betrachtet, seine Arbeit getan. Und sie hatte es geliebt. Denn sie war viel in der freien Natur unterwegs gewesen und hatte ihr Kommunikationstalent ausleben können. Alma war seine Assistentin gewesen. Vor knapp anderthalb Jahren noch lebten sie in Boston. Als Derick das Jobangebot für das Büro in Jolly Tree erhalten hatte, war sie sofort dabei gewesen. Sie selbst war in Graceful Tree aufgewachsen und kannte die Gegend wie ihre Westentasche und die Menschen sowie ihre Art. Dieses Wissen hatte Derick den Start ungemein erleichtert. Und nicht nur das. Nachdem sie sich von ihm getrennt und gleich darauf ihren Job verloren hatte – selbstredend war er genervt gewesen und wollte fortan nicht mehr mit ihr zusammenarbeiten –, musste auch er die Firma nach zwei Monaten verlassen. Bestimmt hatten seine Vorgesetzten gemerkt, dass er allein nichts taugte. Selbst den ganzen Buchhaltungskram hatte Alma für ihn erledigt. Er war darin eine völlige Niete, dabei hatte *er* an einer Elite-Uni studiert, nicht sie.

Und hier saß sie nun – Mit einem mittelmäßigen Zeugnis von ihrem Ex. Am liebsten hätte sie ihn dafür verklagt, was sie sich jedoch nicht leisten konnte. – und trauerte ihrem alten Job nach.

Hinzukam, sie suchte nach einer aufregenden Herausforderung. Nach einem Job, der sie forderte, ihr Spaß machte und sie zeitgleich nicht schröpfte. Freizeit war immerhin nicht zu verachten und mit ihren neunundzwanzig Jahren hatte sie noch so einiges vor.

Alma tippte sich schmunzelnd an die Lippen und grübelte. Wäre sie ein Kind, sie würde auf der Stelle an Santa schreiben. Ihr Wunschzettel sähe wie folgt aus …

Erster Wunsch: Der Traumjob aller Traumjobs.

Zweiter Wunsch: Sicherheit für die Menschen in Jolly- und Graceful Tree. Käme Calum Prince tatsächlich hierher, um aufzuräumen, hoffte sie, dass niemand seinen Job verlor. Schon gar nicht derartig kurz vor Weihnachten. Die Menschen hier waren freundlich. Okay, manchmal ziemlich eigensinnig und kratzbürstig gegenüber Fremden. Indes liebenswert und hilfsbereit. Sie hatten Gutes verdient.

Dritter Wunsch: Ein Mann. Und nicht nur einfach ein Mann. Nein, wenn sie schon an Santa schrieb, müsste es sich lohnen. Der Brief sollte, wennschon, dennschon, zwei Seiten umfassen. Alma kicherte in sich hinein. Auch erwachsene Frauen durften albern sein. Und sie liebte es, zu lachen und zu scherzen. Jaja, sie schweifte ab. Um ehrlich zu sein, sie wollte endlich auf den Richtigen treffen.

Nicht auf so eine Flitzpiepe wie Derick, der optisch wie eine Zitronen-Baiser-Torte daherkam, aber dessen Füllung verdorben war. Und zwar, wie sie leider zu spät erkannt hatte, in vielerlei Hinsicht. Sie war zu nett gewesen und hatte sich zu viel gefallen lassen. Zuletzt hatte er sie unentwegt runtergemacht. Jetzt, im Nachgang vermutete sie, hatte er es getan, weil er es in seinem Innersten wusste: Dass sie besser war in *seinem* Job. Und das hatte ihm nicht geschmeckt. Ganz und gar nicht.

Ein Mann, der einen Platz in ihrem Leben verdient hatte, musste demnach völlig andere Eigenschaften mit sich bringen. Er musste eine intelligente Frau zu schätzen wissen. Freundlich sein. Zuvorkommend. Ihr Zuhören. Wirklich interessiert sein. Ihr dasselbe Interesse schenken, dass sie ihm entgegenbrachte. Und ... optisch nett anzuschauen sein. Das wäre ein Plus, aber kein Muss. Herrje, das reimte sich sogar. Sie lachte auf. Ernsthaft, sie war kein Mensch, der die Optik einer Person über deren Charakter stellte. Irgendwann würden sie schließlich alle alt und schrumpelig.

Nun gut ..., ihr vierter Wunsch: Weihnachten genießen! Mit ihrer Familie, ihren Freunden. Mit Musik, Punsch und gutem Essen. Und vorzugsweise mit besagtem Traummann. Den es gewiss nicht gab und das war okay. Einfach ein netter Mann war okay.

Für einen kurzen Moment hing Alma diesem Gedanken nach, ehe ihr Blick auf die Uhr im Salon fiel.

Shit, was!?

Sie hatte *fünfzehn* Minuten lang Löcher in die Luft gestarrt? Traumschlösser gebaut und vor sich hin sinniert? Fünfzehn Minuten!? Dabei hatte sie ein ernstzunehmendes Ziel.

Genau!

Schluss mit Träumen!

Sie öffnete den Internetbrowser und legte los.

Wenn Zuckerstangen doch nur zaubern könnten …

Mit einem resoluten Fingerzeig drückte Alma auf Senden. Schon zum zweiten Mal an diesem Vormittag. Ihre stundenlange Recherche hatte gefruchtet. Sie hatte zwei coole Jobangebote von Unternehmen in der näheren Umgebung entdeckt und sich beworben. Jetzt hieß es Däumchen drücken.

Und wenn Miles ihr beim Daumendrücken half, musste doch etwas dabei herumkommen.

Miles war vor gut einer Stunde ins B&B zurückgekehrt und hatte sich sogleich ins Wohnzimmer verkrümelt, wo er für sie beide den Kamin angezündet hatte und derzeit las. Miles verbrachte den Morgen stets im Diner. Dort frühstückte er und flirtete auf eine zuckersüße Weise mit den Bedienungen.

Das Radio spielte nun *Deck The Halls* von *Nat King Cole* an und Alma konnte nur grinsen. Endlich war Weihnachten! Endlich umgab sie diese einzigartige Stimmung aus Wärme, Freude und Zuversicht. Lichterketten waren an jedem Haus zu sehen. Und sie konnte in der Öffentlichkeit wieder ungeniert Zuckerstangen vernaschen. Genau das tat sie jetzt. Mit der Leidenschaft für Zuckerstangen hatte Mia sie angesteckt. Früher hatte sie die süßen Teile nie gemocht. Mit Pfefferminzgeschmack konnte man sie jagen. Jedoch seit ihr Mia ihre Lieblingsmarke mit Erdbeergeschmack angedreht hatte, konnte sie nicht genug davon bekommen. Dafür musste sie sich häufiger die Zähne putzen. Ihre Mutter, die als Zahnarzthelferin arbeitete, würde ihr ansonsten die Löffel langziehen. – Nein, das würde sie natürlich nicht. Ihre Mom war großartig.

Ploppend ließ Alma die Zuckerstange aus ihrem Mund gleiten. Die rot-weißen Streifen zauberten ihr jedes Mal ein Lächeln ins Gesicht. Und sie erinnerte sie an ihre Kindheit, als sie unzählige fantastische Weihnachtsfilme geschaut und noch an Feen und Engel geglaubt hatte. An Wesen mit Magie. Warum konnte *sie* nicht zaubern!?, spaßte sie mit sich selbst. Oder diese Zuckerstange!? Alma schwang sie in der Luft. Wäre diese Zuckerstange ein Zauberstab, sie wüsste sofort, was sie sich wünschen würde. Na ja …, folglich musste der liebe Santa am Nordpol es richten. Vorsorglich nahm Alma die große Schneekugel, die vor ihr auf der Theke der Rezeption stand in die Hand, schüttelte sie, bis der kleine Schneemann beinahe im Schneegestöber verschwand, und richtete ihre Wünsche abermals an das Universum.

Irgendjemand musste sie doch hören!? Und wenn es ein Baby-Weihnachtself war. Bitte!

Just in diesem Augenblick schwang die schwere Haustür auf. Die Türglocke bimmelte im warmen Klimperton.

Eine Schneeböe wirbelte mit Schwung kleine Schneeflocken hinein, über den Boden, bis hin zur Rezeption, die gute drei Meter vom Eingang entfernt lag.

Alma guckte verdutzt zu Boden.

Keine Sekunde später folgten Füße in schicken, schwarzen Lederschuhen.

Sie blickte auf.

Und blinzelte. Und blinzelte erneut.

Nein … Nein! Das konnte nicht sein.

Mr „Sexy Smexy"!?

Ja …, genau der stand im Türrahmen, schüttelte den Schnee von seinen Schultern und trat ein. Kraftvoll und geschmeidig zog er einen Rollkoffer hinter sich her. Holy moly …

Wenn sie geglaubt hatte, dass der Mann auf dem Bildschirm gut aussah, so war die Realität noch mal eine ganz andere Kategorie.

Calum Prince war …

Um ehrlich zu sein, ihr fehlten ein wenig die Worte, dabei hatte sie am Tag einige zu vergeben.

Unter seinem offenstehenden Mantel trug er einen perfekt sitzenden Anzug. Er war groß, drahtig und besaß ohne Frage an den richtigen Stellen die richtigen Muskeln. Wenn es denn überhaupt falsche Muskeln an einem Mann gab. Und er verströmte eine Aura, die ihr verriet, dass er gewöhnlich bekam, wonach er verlangte. Ohne es großartig einfordern zu müssen. Vermutlich rührte daher dieses unerschütterliche Selbstbewusstsein, das nur wenigen Menschen zuteilwurde. Ein Selbstbewusstsein, das sich Alma selbst für sich wünschte, obwohl sie sich auch nicht die Butter vom Brot nehmen ließ. Allerdings das Beste an ihm waren seine dichten, dunkelbraunen Haare, die fürchterlich weich aussahen, und sein Gesicht. Seine markanten Gesichtszüge, sein leicht störrisches Kinn und seine Wimpern. Himmel, hatte der Mann Wimpern.

Alma kannte seine Augen, die heutzutage etwas dunkler schienen, hingegen an diese phänomenalen Wimpern konnte sie sich nicht erinnern.

Und er roch gut, wie sie nun feststellte, da er vor ihr zum Stehen kam.

»Guten Tag«, war seine schlichte Begrüßung.

Wie aus Reflex war Alma von ihrem Stehhocker aufgesprungen. »Hi!«, erwiderte sie etwas zu hoch. Sie räusperte sich und lächelte. – Gott, Alma! Das kannst du besser!, ermahnte sie sich selbst. Aber ihr gingen derartig viele Fragen durch den Kopf. Zum Beispiel: Was in drei Teufels Namen tat er hier? Hier, in ihrem B&B!? Egal! Sag was!

»Herzlich willkommen im Primrose Inn«, rasselte sie hinunter. Ihr Standardsatz für Neuankömmlinge. »Sie haben eine Reservierung?«, hakte sie ebenso standardmäßig nach, obwohl dies völliger Quatsch war. – Natürlich hatte er keine! *Das* hätte sie gewusst.

Mr „zauberhafte Wimpern" sah von ihrem Gesicht zu ihrer Hand, in der sie noch immer die Zuckerstange hielt. – Joa …, tolles Timing. – Erstaunlicherweise schaute er sie einfach nur ernst an. Ohne Wertung.

Herrje, was dachte er? Beinahe hätte sie ihn gefragt: *Auch eine?*, besann sich jedoch schnell eines Besseren. Das B&B gehörte Becky und Sil und sie wollte sie bestmöglich vertreten. »Entschuldigen Sie bitte«, beeilte sie sich zu sagen und legte die Zuckerstange hastig beiseite.

»Nein …, ich habe keine Reservierung«, antwortete er langsam und seine Stimme klang wie warme Milch, in der Kleopatra ohne Zweifel gerne gebadet hätte. Und sie selbst auch. Jesus! Seine Stimme war dermaßen konträr zu diesem Eisprinzen-Look, dass Alma kurz schlucken musste.

Zum Glück sprach er gleich weiter. »In meiner eigentlichen Unterkunft gab es ein Problem. Eine defekte Heizung«, erklärte er schlicht. »Wenn möglich, hätte ich gern ein Zimmer. Das größte Zimmer, bitte. Ich werde viel arbeiten müssen.« Wieder eine resolute Erklärung.

»Sicher …« Alma sah ihn aufmerksam an. Sie konnte nicht anders. Irgendwie suchte sie in seinem Blick nach etwas, das sie von damals kannte. Fand jedoch nichts weiter darin. – Und dann … fiel es ihr ein! Das schönste und größte Zimmer lag genau neben ihrem. Während Becky und Sil im Turm wohnten, hatte sie ein kleines Zimmer auf der ersten Etage bezogen. Es wurde ohnehin selten gebucht, weil es derart winzig war. Ihr genügte es. Und es war sehr gemütlich. – Zurück zum Thema! »Die Hochzeitssuite also«, schlussfolgerte sie laut und biss sich sogleich auf die Lippe. »Das Zimmer ist großartig, es wird Ihnen gefallen«, schob sie eilig hinterher. »Es kostet einhundertachtzig Dollar die Nacht, inklusive eines reichhaltigen Frühstücks.« Da ihm der Preis keine Reaktion entlockte, redete sie unbekümmert weiter. »Auf wen darf ich das Zimmer buchen?«, stellte sie sich dumm und musste sich trotz des Anflugs von Nervosität ein Grinsen verkneifen. Das hier machte irgendwie Spaß.

Über den Tresen schob er ihr seine Kreditkarte zu. »Auf The Prince Finest Design Inc., bitte. Calum Prince«, entgegnete er knapp. – Und hielt die Luft an. So fühlte es sich zumindest für Alma an.

Erwartete er etwa eine Reaktion? Hysterisch? Nach Luft schnappend? Oder gar ablehnend? Alma sah von dem Computersystem, in dem sie gerade die Buchung vornahm, auf und bemerkte, dass er sie musterte. Seine dunklen schokoladenfarbigen Augen waren fest auf sie gerichtet. In seiner Iris entdeckte sie hier und da goldene Sprenkel. Als wären von Mutter Natur klitzekleine Karamell-Tröpfchen zur Schokolade hinzugefügt worden, einzig und allein, um alle Welt in Aufruhr zu versetzen. An diese Augen erinnerte sie sich. Augen, in denen man sich verlieren konnte. Durch lange, dichte Wimpern betrachtete er sie.

Schlagartig wurde ihr warm.

Warum starrte er so? Hatte er sie etwa wiedererkannt? Wusste er, wer sie war? Hatte er sie ebenso wenig vergessen? – Haha! Ganz sicher … nicht!

Ein leises Pling durchschnitt die Stille, er nahm sein Smartphone aus der Jackentasche und schaute nach.

Hm … Alma wartete. Warum hatte er gestarrt …? Sie schnaubte. Bestimmt wegen ihrer Sommersprossen. Denn von diesen kleinen Dingern trug sie unzählige auf ihrer warmen cremefarbenen Haut. Auf der Stirn. Auf der Nase. Auf den Wangen, bis hinunter zum Kinn. Selbst auf den Armen, der Brust und dem Bauch waren welche zu finden. Alma mochte ihre Sommersprossen. Nicht als Kind, da hatte sie sie gehasst, aber heute. Geerbt hatte sie diese von ihrem Vater. Von ihrer Mom insbesondere das braune, krause Haar. Ein warmes Lächeln breitete sich auf ihrem Gesicht aus, ehe sie aufblickte.

Und erneut beobachtete er sie. Und tatsächlich, er starrte ihre Sommersprossen an.

»Zweitausendachthundertfünfundvierzig«, sagte sie im

Brustton der Überzeugung. Sie hatte es sich nicht verkneifen können.

»Wie bitte?«, fragte er perplex, gleichwohl ohne jegliche Spur von Reue, da sie ihn ertappt hatte.

»Sommersprossen. Ich habe sie gezählt. Es sind zweitausendachthundertfünfundvierzig«, bedeutete sie ihm, erinnerte sich jedoch zeitgleich daran, ihren Chefinnen keinen Ärger machen zu wollen. Der Gast war schließlich König. Was er ohnehin schon war. Nein, Prinz.

So oder so, der Prinz lächelte nun. Es war ein kleines, süffisantes Lächeln. »Gut zu wissen, dass Sie sich so gut mit Zahlen auskennen«, bemerkte er trocken und strahlte dabei umso mehr dieses bestimmte Selbstbewusstsein aus, das schlagartig etwas mit ihrem Bauch anstellte. Ein paar Bienen begannen darin zu tanzen. »Miss …?«, hakte er nach.

»Alma McKey. Freut mich, Sie kennenzulernen.« Das hoffte sie zumindest. Wer wusste schon, was genau er hier wollte.

»Ganz meinerseits, Miss McKey«, gab er förmlich zurück. In einem Ton, der sie erahnen ließ, dass er irgendwo in England auf ein modriges, konservatives Internat gegangen war.

»Okayyy. Dann zeige ich Ihnen jetzt Ihr Zimmer.« Alma schnappte sich den barocken Schlüssel vom Schlüsselbrett.

Im Obergeschoss schloss sie auf und reichte ihn Calum. In ihrem Kopf war er weiterhin Calum und nicht Mr Prince.

Calum beäugte den Schlüssel, an dem ein Schneemann-Anhänger baumelte, skeptisch.

»Ich liebe Schneemänner. Sie auch?«, kam es ihr spontan über die Lippen. Alma musste über ihre eigenen Worte schmunzeln. Was für eine Frage. »Zur Weihnachtszeit hängt an jedem Schlüssel einer. Natürlich verschiedene Motive, damit wir sie auseinander halten können. – Aber, bitte!« Sie deutete ihm an, voranzugehen, und lächelte zuversichtlich. Das Zimmer war traumhaft und würde ihm gewiss gefallen.

Doch ihr Gast rührte sich nicht. Calum hatte starr von dem

Schlüssel in seinen Händen, zum Weihnachtskranz an der Tür, hinein in sein Zimmer geblickt. Und in dieser Sekunde hatte er sich versteift. Nur langsam trat er ein.

Das Zimmer war wie das gesamte Haus urig eingerichtet. Gemütlich.

Hellbraune, rustikale Eichenmöbel trafen auf verschnörkelte Blümchentapete und Stuck an den Decken. Samtweiche Kissen auf ein herrschaftliches Ledersofa. Und Spitzengardinen auf die originalen Sprossenfenster aus den 1920er Jahren.

Das absolute Highlight war das Kingsize-Bett. An dessen vier Ecken ragten in sich gewundene Holzstreben imposant Richtung Decke, endeten jedoch kurz vor knapp in der Luft. Es wirkte verwunschen, wie in einem Märchen.

Der Raum war eine wahr gewordene Honeymoon-Suite-Fantasie, wenn man es gediegener mochte.

»Gefällt es Ihnen?«, fühlte sich Alma gezwungen zu fragen, als er nichts sagte. Oje! Was war, wenn es ihm nicht gefiel? Becky und Sil würden es ihr nie verzeihen, falls er das Weite suchte.

»Wie könnte es nicht. Unsere *Traditional Line*«, stellte er mit einer Spur Andacht in der Stimme fest. »Das sind die Möbel meines Großvaters«, staunte er.

Alma war erleichtert. Ihr fiel regelrecht ein Stein vom Herzen. Bis er weitersprach.

»Es ist nur viel zu klein.«

»Zu klein!?«, echote sie fragend. Was wollte er noch? Den Taj Mahal!?

Er drehte sich um. »Wenn ich hier arbeiten will, brauche ich mehr Platz«, antwortete er ihr jetzt, wieder ganz der geborene Geschäftsmann.

»Hier arbeiten!?«, wiederholte sie. Himmel, Herrgott, sie war kein Papagei!

»Ja, hier. Für wichtige Entscheidungen benötige ich Ruhe. Viel Ruhe. Und die habe ich nicht im Büro«, erwiderte er, als wäre dies das Logischste von der Welt.

»Ah, okay …« Er meinte die Niederlassung in Jolly Tree. Natürlich besaß er dort ein Büro. Merkwürdig war nur, warum fand er dort keine Ruhe? Und was musste er für Entscheidungen treffen …?

Umso wichtiger schien es ihr, dass die Menschen – sie eingeschlossen – einen guten Eindruck auf ihn machten. Unwillkürlich besann sich Alma ihrer Gastgeberrolle. »Ich könnte Ihnen den Frühstücksraum anbieten. Ich meine den Salon. Er ist direkt gegenüber der Rezeption und da wir derzeit keine anderen Gäste beherbergen. Bis auf Miles und er wird Sie nicht stören, da er sich meist im Wohnzimmer aufhält, könnte ich Ihnen diesen Raum zusätzlich zu Verfügung stellen. Wir würden uns sehr freuen, Ihnen diesen kostenlosen Service anbieten zu dürfen. Unsere Gäste sollen sich wie zu Hause fühlen«, schloss sie ihr Plädoyer und war mächtig stolz auf sich. Sie wusste, damit sollte sie den Fisch an der Angel haben. Becky und Sil würden begeistert sein. Calum Prince übernachtete in ihrem Haus. Das gab Schlagzeilen für die nächsten Jahre.

Bloß …, wie sie ihn so dastehen sah, abwägend, mit dieser Mauer aus Eis um sich, vermutlich erlernt, um als Geschäftsmann tadellos funktionieren zu können, beschlich sie ein komisches Gefühl. Plötzlich bekam sie Mitleid mit ihm. Ob jeder auf diese Weise über ihn dachte? Ob jeder etwas von ihm wollte? Eine traurige Vorstellung, die Alma wegen ihrer eigenen Gedanken zusammenzucken ließ. So jemand war sie nicht. So jemand wollte sie nicht sein.

»Ich denke, das ist eine Option. Ich nehme Ihr Angebot an. Vielen Dank!«, sagte er nun mit einem ausgesprochen wachsamen Blick.

Ein Blick, der sie leicht nervös machte. Und neugierig werden ließ. Was dachte er? Sie wollte es wissen. Sie wollte ihn … verstehen. Mehr, als jeden anderen Menschen, der ihr je begegnet war, fiel ihr unerwartet auf. Und das war verrückt. Sie kannte ihn ja nicht einmal. »Schön …«, begann sie flüchtig, um irgendetwas zu antworten. »Also!«, sagte sie auffordernd, mehr zu sich selbst. Und es wirkte. Ihre Gedanken waren wieder klar. »Noch einmal herzlich willkommen. Und wenn Sie etwas brauchen, fragen Sie gerne nach«, bot sie ihm an und meinte es auch so. Sie hatte ihm bereits den Rücken zugewandt, da fiel ihr ein. »Möchten Sie vielleicht einen Kaffee?« Nach der langen Reise. Er kam vermutlich direkt von Boston.

»Ein Kaffee wäre großartig.« Calum atmete, wie aus einer Art Erleichterung heraus, auf. Als hätte sie ihm genau das angeboten, was er gerade brauchte.

»Mit Milch und Zucker?« Sie lächelte.

»Haben Sie Sahne?«, fragte er leicht zögernd und lächelte ebenfalls, wenn man denn einen zuckenden Mundwinkel als Lächeln bezeichnen konnte.

Aber Alma war sich sicher. Innerlich lächelte er. Es musste so sein. Und das erste Mal erkannte sie den jungen Mann in ihm. Nicht den Geschäftsmann.

Und nicht zu vergessen: Er nahm Sahne in seinen Kaffee! Sahne! Wie sie! Wenn das kein Hoffnungsschimmer war. Sie seufzte grinsend. »Also dann mit Sahne. Sehr gern.«

Ein Morgenmuffel kommt
selten allein

»Strapse!«, schrieb ihre Freundin zum wiederholten Male. Gefolgt von einem grimmigen und einem kotzenden Emoji.

Alma sah sie förmlich mit dem Kopf schütteln.

Lucy, eine liebe Freundin aus Boston, hatte ihr seit dem frühen Morgen geschrieben und Sprachnachrichten geschickt. Aus Zufall hatte Lucy gestern Abend beim Aufräumen ihr Weihnachtsgeschenk entdeckt: Spitzendessous inklusive Strapse.

Wer verdammt trug heutzutage noch Strapse? Sie waren unbequem und unpraktisch. Ihr Freund machte ihr demnach ein sehr eigennütziges Geschenk. Was ihre Freundin über die Maßen ärgerte. Zumal die Größe nicht stimmte. Lucy besaß wie Alma eine weibliche Figur, keine Size Zero. Das Höschen war wohl eine winzige S.

Aufmerksamkeit sah für Alma anders aus. Kein Wunder, dass die Laune ihrer Freundin im Keller war. Lucy war mit schlechter Laune eingeschlafen und auch wieder aufgewacht. Gleich darauf hatte sich der kleine Morgenmuffel, obwohl Lucy das für gewöhnlich gar nicht war, bei ihr gemeldet. Alma konnte es verstehen. Sie musste ihren Frust loswerden und sie war gerne für sie da. Sie wusste nur zu gut, wie eine Beziehung einen selbst verändern konnte. Zum Positiven und zum Negativen. »Ärgere dich nicht, Süße. Mach dir einfach selbst ein Geschenk. ;-)«, schlug sie ihr daher aufmunternd vor.

»Da hätte ich mich mehr über eine Küchenmaschine gefreut. LOL.«

Alma lachte und schenkte Teewasser in die vorbereitete Kanne. Derzeit richtete sie das Frühstück für Calum her. Porridge mit Milch, dazu frische Blaubeeren und einen schwarzen Tee. Da sie sich nun um den blubbernden Haferbrei im Topf kümmern musste, musste sie ihre Freundin leider abwürgen. »Sorry, Süße, wir müssen später weiterquatschen. Ich muss mich um unseren Gast kümmern. Lass dich nicht unterkriegen. Hab dich lieb!«

»Hab dich auch lieb und dir viel Glück!«, wünschte ihr Lucy mit einem Kleeblatt und einem Smiley mit Heiligenschein, sie wusste um ihren Neuankömmling.

Alma rührte und rührte im Brei, hielt Wache, damit er nicht anbrannte. Sie hatte gleich eine große Portion angesetzt. Für ihn und für sich. Probieren ging immerhin über Studieren.

Das letzte Mal hatte sie Porridge in ihrer Kindheit gegessen. Und der war mit *Wasser* zubereitet gewesen und ohne jegliche Süße. Igitt … Sie schüttelte sich bei dieser Erinnerung.

Ihr eigener Versuch mit Milch roch … erstaunlich lecker. Das Rezept hatte sie extra gegoogelt, nachdem ihr Gast ihr am Abend seine Wünsche für das Frühstück mitgeteilt hatte.

Der Mann war ohne Zweifel auf einem britischen Internat gewesen. Woher sonst sollte diese Leidenschaft stammen?, spaßte Alma mit sich selbst. Ihre eigene Laune war nämlich gut. Vor allem, da sie sich in einem ihrer Lieblingszimmer, der schnuckeligen Küche, aufhielt. Schnuckelig traf es am besten, weil sie für ein B&B recht klein und wie die einer Puppenstube eingerichtet war. Mit altem Gasherd, gelben Schränken im Landhaus-Stil und Messingbeschlägen. Spitzendeckchen und allerhand Schnickschnack durften natürlich auch nicht fehlen.

Allerdings Becky und Sil machten sie ein klein wenig nervös. Selbstredend hatten sie von der Ankunft eines gewissen Eisprinzen erfahren. Die ganze Stadt wusste davon und wo er sich aufhielt. Alma hatte Textnachrichten von wer weiß wie vielen Leuten erhalten. Die vermutlich einhundertste Nachricht kam jetzt von Becky.

»Liebes, denkst du bitte an die Weihnachtsplätzchen! Mr Prince soll sich rundum wohlfühlen« erinnerte sie sie. Nicht, dass sie es nicht schon erwähnt hatte. Becky und Sil backten jedes Jahr zu Weihnachten für ihre Gäste. Es war eine Tradition.

»Schon in Planung. :-) Muss jetzt zu Mr Prince. Das Frühstück. Er wartet. Und ich habe alles im Griff!«, textete Alma zurück. Zusätzlich schickte sie ihnen ein dickes Herz. Die Freundinnen sollten und brauchten sich wirklich keine Sorgen machen. Hoffentlich …

Sogleich füllte Alma den Brei in zwei Weihnachtsschälchen, dekorierte das Ganze mit Blaubeeren und machte sich mit dem Frühstücks-Tablett in den Händen auf den Weg.

Auf in die Höhle des Löwen … Oder sollte sie besser sagen *den Eispalast* …

Calum arbeitete, während er auf sein Frühstück wartete, im Salon. Dort hatte er sich gestern Mittag bereits eingerichtet. Und das an einem Sonntag! Er war tatsächlich ein Arbeitstier. Alma überraschte ihn, als er nachdenklich über ein paar Papierstapeln hing, dazwischen sein aufgeklappter Laptop und sein Handy. Er hatte sich über den ganzen langen Esstisch hinweg ausgebreitet und der war immerhin für zwölf Personen ausgelegt.

»Guten Morgen!«, begrüßte sie ihn fröhlich.

»Guten Morgen«, erwiderte er murmelnd, ohne aufzusehen und mit einem leicht kehligen Unterton. »Stellen Sie es einfach irgendwo hin.« Er blätterte konzentriert in einer Akte und schien wenig gewillt, sich zu unterhalten.

Alma konnte nur belustigt den Kopf schütteln. – Wäre sie beim Film, würde jetzt ein Regieassistent durch ein Megaphon rufen: »Morgenmuffel, die Zweite!«

Alma wusste nicht, ob sie es unhöflich fand oder süß.

Denn diese Eigenschaft kannte sie von sich selbst. Einmal vertieft in irgendetwas, könnte das Haus um sie herum einstürzen und sie würde es erst Stunden später bemerken. Sie stellte demnach das Tablett in eine Lücke auf den Tisch und nahm sich die Zeit, ihn ungeniert zu mustern. Das musste sie. Wann bot sich ihr immerhin solch ein Anblick!?

Calum trug lediglich ein helles Hemd und wie er seine Arme bewegte, spannte sich der Stoff herrlich um seine sehnigen Arme. Seine schmalen Hüften endeten in einer schicken Stoffhose. Sein markantes Kinn hatte er grüblerisch nach vorn geschoben. Frisch rasiert sah es … zum Anbeißen aus. Ja, sie hatte urplötzlich wirklich Lust, genau das zu tun. Ihn dort zu beißen. Was völlig albern war. Und sie wollte an ihm riechen. Ihre Nase in seine Halsbeuge legen und diesen sinnlichen Duft, eine Mischung aus Duschgel und After Shave, der verlockend bis zu ihr hinüberwehte, tief einatmen. Sie schluckte und blinzelte, als sie sich selbst bei diesem verstörenden und völlig deplatzierten Gedanken ertappte. Sie kannte ihn doch überhaupt nicht. Kein Stück!

Es galt, sich abzulenken. Sie schnappte sich ihre eigene Schale mit dem Porridge und kostete den ersten Löffel.

Es schmeckte, wie es duftete: cremig, süß und vollkornig. Zusammen mit den frischen Blaubeeren eine tolle Kombination. »Das ist lecker«, stieß sie überrascht aus. »Wollen Sie nicht? Es wird ja kalt.«

Damit hatte sie ihn. Er blickte endlich auf. Zu ihr, dann zu seinem Tablett und schlussendlich zurück zu dem Schälchen in ihren Händen. Und er hatte in der Tat die Nerven, eine Augenbraue zu lupfen. Sein Blick sagte so viel wie: Haferbrei in einem Weihnachtsschälchen esse ich nicht. Ich bin ein taffer Geschäftsmann. Wo ist mein Stück Fleisch?

Dabei war das rote Schälchen mit den weißen Eiskristallen Teil des schönsten und kitschigsten Weihnachtsgeschirrs, das Alma je zu Gesicht bekommen hatte, und genau aus dem Grund hatte sie es auch ausgewählt.

Sie wollte ihn aus der Reserve locken. Irgendwie juckte es ihr in den Fingern, ihn zu reizen. Nicht, um ihn zu ärgern, vielmehr, um ihn … aufzumuntern, gestand sie sich selbst ein. Also machte sie weiter. »Die Sonne scheint, der Schnee glitzert herrlich. Vielleicht schnappen Sie sich Ihr Frühstück und genießen einfach mal die herrliche Aussicht.« Alma deutete auf einen Platz am Fenster.

Abermals sagte Calum nichts. Aus einem ihr unerklärlichen Grund kommunizierte er mehr mit seinen Blicken. – Vielleicht war er es gewöhnt!? Vermutlich lasen seine Angestellten ihm sonst jeden Wunsch von den Augen ab. Und wer musste schon mit Worten kommunizieren!? Eine völlig überbewertete Eigenschaft, wenn man nicht Alma McKey hieß. Sie war die geborene Quasselstrippe. Ein Umstand, der ihr allerdings stets zugutegekommen war. Nichtsdestotrotz tat sie es ihm nach und hob nun gleichfalls, und nur um sicherzugehen, beide Augenbrauen. Überhaupt, wer konnte bitte nur eine seiner Augenbrauen heben? Okay, er konnte es. Sie nicht.

»Gut, ich gebe mich geschlagen«, sagte er nachgiebig, griff nach seinem Schälchen und setzte sich geradewegs in sein Chaos. »Bitte!«, deutete er an.

Er bot ihr einen Platz an!? Okay … Alma zögerte nicht lange und wählte einen Platz ihm gegenüber.

Auch wenn sie sich dabei komisch fühlte, das war ihre Chance, mehr über ihn zu erfahren. Über die Gründe, warum er hier war. »Danke. Und guten Appetit.« Bevor sie sich setzte, reichte sie ihm seine Tasse und schenkte ihm Tee ein. Das machte man so in der Familie McKey. Gäste wurden anständig bewirtet.

Calum nickte dankend und nahm den ersten Löffel seines Porridges. Gleich darauf schloss er die Augen und … stöhnte.

Er stöhnte!? O Gott! Warum stöhnte er? Und warum klang dieses eine Geräusch so verboten sexy. Das war nicht gut. Alma rutschte auf ihrem Stuhl hin und her.

»Sie haben recht. Es ist verdammt gut.« Eilig nahm er einen zweiten Löffel. Der heiße Brei dampfte noch.

»Danke.« Alma freute sich und aß selber weiter. Besser sie hatte ebenfalls etwas zu tun.

»Ich glaube, das letzte Mal habe ich Porridge im Haus meiner Großeltern gegessen. Das ist ewig her…«, gestand er nachdenklich und war offensichtlich selbst überrascht, dass er es erzählt hatte. Er sah zu ihr.

Alma grinste leicht verschwörerisch. »So ist das mit manchen Dingen. Man findet sie allein in der Vergangenheit oder bei bestimmten Menschen. Oder bis man sie irgendwo wiederentdeckt. Meine Granny zum Beispiel macht den besten Pfirsich Pie aller Zeiten. Den bekomme ich nur bei ihr.« Gleichzeitig stolperte sie über ihre Worte, weil sie sich erinnerte, dass seine Großeltern vor vielen Jahren gestorben waren und erst kürzlich sein Vater. »Tut mir leid, dass Ihre Großeltern bereits von uns gegangen sind, und auch Ihr Vater. Mein herzliches Beileid.«

»Ja … danke«, antwortete er gedehnt, trocken. Calum hatte sich zurückgelehnt und nahm gerade den letzten Löffel auf. Er kratzte das Schälchen aus und war somit fertig.

Alma rechnete damit, dass ihr Gespräch hier endete, als er das Thema aufgriff.

»Der Verlust meines Vaters ist im Übrigen der Grund, warum ich hier bin. Ich muss mir einen besseren Überblick verschaffen.« Er wies auf die Unterlagen. »Meine Mutter und ich leiten nun das Unternehmen und die Traditional Line wurde viel zu lange vernachlässigt.«

Alma schluckte bei dieser Bemerkung. War das etwas Gutes oder etwas Schlechtes? Wie es auch sein mochte, sie musste ein gutes Wort für ihre Mitmenschen einlegen. »Mich würde es wundern, wenn sie mit den Büros und Werkstätten nicht zufrieden sind. Klar, die Uhren ticken hier etwas langsamer als in Boston, das kann ich aus eigener Erfahrung sagen, aber die Menschen hier sind ehrlich und sehr fleißig. Und sie wissen einen vernünftigen Arbeitgeber sehr zu schätzen. Sprechen Sie Ihre Mitarbeiter einfach an, wenn Sie etwas wissen wollen. Oder fragen Sie gerne mich, wenn Sie jemanden suchen. Ich kenne alles und jeden. Von hier bis Graceful Tree.«

»Ist das so?«, bohrte er langsam nach und lehnte sich nach vorn. Er musterte sie mit einer Intensität, dass ihr erneut warm wurde.

Herrje, seit er hier war, konnte sie genauso gut in einem dünnen Tank Top herumspazieren. Ihr würde nie kalt werden. Sie strich sich eine ihrer krausen Haarsträhnen hinters Ohr und bemühte sich, ruhig und selbstbewusst zu antworten. »Ja, das ist so.« Sie musste ihr Licht nicht unter den Scheffel stellen. Dass sie einmal für ihn gearbeitet hatte, sparte sie sich jedoch zu erwähnen. Wie sollte sie erklären, dass sie entlassen wurde wegen ihrem Ex? Sehr professionell. »Ich bin hier aufgewachsen und kenne die Gegend wie meine Westentasche. Und ich helfe gern. Also …« Alma stand auf. Manchmal war es klug, Dinge einfach im Raum stehen zu lassen. »Ich bin da gleich um die Ecke.« Sie lächelte ihm spitzbübisch zu, ehe sie ging und die Schiebetür zur Rezeption hinter sich schloss.

Sie war eine flotte Biene. Zu flott. Ihre To-does für den heutigen Tag hatte sie alle erledigt. Dabei war es gerade mal halb elf. Alma saß hinter dem Tresen der Rezeption und langweilte sich. Sie hatte die Flure gesaugt, die Küche auf Vordermann gebracht und *sein* Zimmer gemacht. Sie grinste bei der Erinnerung. Zunächst war sie nur zaghaft in den Raum getreten, als hätte er im Schrank auf sie gelauert, was völliger Quatsch war, da er weiterhin im Raum gegenüber Akten wälzte. Sie hatte das Bad geputzt, wo es nichts zu putzen gab, da er offenbar ein sehr ordentlicher Mensch war, und dann sein Bett gerichtet. Na ja, sie hatte ein Kissen aufgeschüttelt, der Rest war schon gemacht. Was ihr die Gelegenheit gegeben hatte, vorsichtig daran zu schnuppern. Okay, ihr war selbst bewusst, dass sie einen Knall hatte, aber Calum Prince roch einfach himmlisch. Und sein Kissen hatte genauso gerochen. Ihr kam in der Tat der Verdacht, er könne es extra für sie parfümiert haben.

Alma schnaubte über diesen Gedanken. Allerdings, er roch wirklich gut, fast … lecker. Himmel, sie musste mit dieser Schwärmerei aufhören. – Erschrocken fuhr sie hoch. Schwärmte sie für ihn? Also, nein. Ja, gut, vielleicht ein bisschen. Jedoch war das völlig irrelevant. Es musste irrelevant sein. Für ihren zukünftigen Chef durfte sie nicht schwärmen! Denn er konnte wieder ihr Chef werden. Genau. Wenn sie sich vernünftig anstellte.

Vorhin, als sie ihm ihre Hilfe angeboten hatte, hatte sie nicht en détail darüber nachgedacht, was dieses Angebot bedeutete, aber inzwischen wusste sie es. Sie konnte ihm hier und jetzt beweisen, dass sie Ahnung von seinem, ihrem Geschäft hatte und sie die perfekte Mitarbeiterin war.

Gleichzeitig beschlich sie ein komisches Gefühl. Sie hatte ihm Hilfe angeboten, weil sie ihm tatsächlich hatte helfen wollen, und sie wollte nicht, dass es rückblickend betrachtet manipulativ herüberkam. Im Geschäftsleben war sie stets freundlich, geradeheraus und eine ehrliche Haut und das sollte auch so bleiben. Irgendwie würde sie es schon hinbekommen.

Als nun im Internet-Radio eines ihrer Lieblings-Weihnachts-Lieder angespielt wurde, kam sie auf andere Gedanken. Der Sender übertrug *Brenda Lees Rockin' Around the Christmas Tree*. Ihr All-Time-Favorite. Selbstredend sprang Alma auf und wippte leise mit. Leise, um einen gewissen Jemand nicht zu stören, bis die Türglocke schellte und unversehens Paul, ihr Postbote, hereintrat.

Er zog seine dicke Fliegerfellmütze vom Kopf und schnaubte lautstark, als hätte er soeben einen Fünfkilometerlauf hinter sich gebracht. Zeitgleich legte er ihre Post auf den Tresen. Mit einem Stofftaschentuch wischte er sich über die verschwitzte Stirn. »Furchtbar. Einfach furchtbar«, grummelte der Mittfünfziger. Paul, der für gewöhnlich beste Laune hatte, schien regelrecht entrüstet.

Er war demnach ihr persönlicher Morgenmuffel Nummer drei. Was war los an diesem Morgen? »Hey, Paul, was ist los?«, versuchte sie ihn mit sanfter Stimme runterzubringen und bot ihm ein Glas Wasser an.

Er leerte es in einem Zug. »Nicht nur, dass ich unzählige Kartons in die Firmenzentrale für *du weißt schon wen* schleppen musste, nein, meine liebe Fanny zittert um ihren Job! *Alle* haben Angst!«, empörte er sich lautstark, was kein Wunder war bei seinem Organ. Und offenkundig hatte er keine Ahnung, dass *du weißt schon wer* im Nebenzimmer saß und eventuell alles mithören konnte. Die Schiebetüren waren aus Glas, davor hing lediglich eine dünne Scheibengardine. Nichts, was den Schall dämmte.

Alma wollte ihn gerade bremsen, als er feurig fortfuhr. »Drei Wochen vor Weihnachten und es hagelt Entlassungen! Das wird ein übles Weihnachtsfest«, prophezeite er mit erhobenem Zeigefinger.

»Entlassungen!«, echote Alma und quiekte dabei leicht. Erschrocken hielt sie sich den Mund zu. Jetzt war sie es, die zu laut gewesen war. Aber, war es dermaßen schlimm?

»Eine Entlassung«, ruderte Paul augenblicklich zurück und rieb sich den Nacken.

»Wer?«, wollte Alma erfahren.

»Frank Goldsteen«, sagte er ehrfürchtig.

Mr Goldsteen hatte eine hohe Position inne. Und er war ein Hochstapler. Genauso wie Derick einer war. Ihre Freundin Dori arbeitete mit ihm zusammen und sie hasste es.

Ein Räuspern erfüllte den Raum. »Beruhigt es Sie, wenn ich erwähne, dass ich dafür Benjamin Garcia befördert habe? Es ist seit einer halben Stunde offiziell«, äußerte eine besonnene Stimme hinter ihnen.

Shit! Shit, shit, shit! – Nicht wegen Ben, er war klasse. – Shit, weil … weil *er* hinter ihnen stand. Langsam drehte sich Alma um.

Paul tat es ihr nach. »Mr … Mr Prince«, kam es stottern

und kleinlaut über seine Lippen. »Es ist nicht so, wie Sie denken«, dementierte er seinen Auftritt und zerknüllte mit beiden Händen seine Mütze. Ohne Frage fürchtete er um den Job seiner Frau.

»Wissen Sie, die Menschen haben Angst«, sprang Alma in die Bresche und sprach schlichtweg das aus, was mit ziemlicher Sicherheit jeder in Jolly Tree dachte. Sie sah Calum unverwandt an. Obwohl sie dies, zugegeben, nervös machte. Auf mehreren Ebenen, weil er zum einen diesen leicht versnobten Gesichtsausdruck zur Schau stellte und zum anderen, weil er eine verdammt niedliche Brille trug. Und dieser Anblick, der sie an den Jungen von damals erinnerte, ließ wiederholt Bienen in ihrem Bauch tanzen. Aufgeregte, tief brummende Bienen. Die ein sexy Ziehen in ihr auslösten. – Halt, stopp, falsche Richtung!, ermahnte sie sich selbst. – Und herrje, es wäre so viel einfacher, wenn sie wüsste, was er dachte. Wie sie ihn anschaute, blickte sie auf eine Mauer aus Eis. Er zuckte ja noch nicht einmal mit der Wimper, obgleich der Raum mit Anspannung erfüllt war. »Es ist doch so. Wir alle wissen, es stehen Veränderung im Unternehmen bevor, sonst wären Sie nicht hier, und das macht den Menschen Angst. Große Angst. Und es sind nur noch drei Wochen bis Weihnachten. Wie würden Sie sich fühlen mit derart viel Ungewissheit vor den Festtagen? Bitte, warum sprechen Sie nicht mit Ihren Mitarbeitern?«, regte sie wagemutig an. Sie wusste ja nicht, wie er darauf reagierte. »Ihr Großvater zum Beispiel hat dies immer getan. Die Menschen mochten das an ihm«, schob sie deshalb hinterher. Sie wusste es von ihrem Großvater, der des Öfteren mit ihm zusammengearbeitet hatte.

Was auch immer sie gesagt hatte, Alma hatte das Gefühl, als hätten ihre Worte etwas in Gang gesetzt, denn plötzlich hörte sie ein lautes Knacken …

Vielleicht war sie übergeschnappt, aber es hatte sich angehört … War ein Stück Eis gebrochen? Bestimmt war ein Eiszapfen von der Dachrinne gefallen und am Boden zerschellt.

Was sollte es sonst sein?

Calums Reaktion war indes ebenso merkwürdig. Er räusperte sich, überraschend verlegen, und schien getroffen. »Ich kann Ihnen versichern, das war nicht meine Absicht. Im Gegenteil.« Er seufzte. »Auch wenn dies vielleicht nicht der geeignete Rahmen ist ... Wir sind von jeher mit diesem Standort zufrieden. Natürlich gibt es ein paar Ausreißer.« Calum sparte sich, diesen Punkt weiter auszuführen. »Jedoch Entlassungen sind nicht vorgesehen. Es sind eher fördernde Maßnahmen vorgesehen. Ich kann nicht zu viel versprechen, ich prüfe derzeit noch die Unterlagen, aber ich vermute, dass wir im neuen Jahr sogar zwei, drei *neue* Stellen besetzen können.« Jetzt verschränkte er die Arme vor der Brust. Der resolute Geschäftsmann war zurück.

Paul ergriff augenblicklich Almas Hand und drückte sie. Er grinste wie ein Honigkuchenpferd. »Also, das ..., Mr Prince. Das ist großartig!«

Der Buchclub, Bolo und
das wahre Leben

Alma blickte ein letztes Mal hinaus, bevor sie die Tür von Maudes Haus schloss. Im dunklen Blau des Abendhimmels tanzten unzählige weiße Tupfen umher. Windböen schoben sie von links nach rechts, von oben nach unten und umgekehrt. Wirbel und Wellen aus Schnee malten gemeinsam mit dem bunten Gefunkel der Lichterketten, die überall an den Häusern der Primrose Lane zu finden waren, farbenfrohe Bilder in den Himmel. Das stürmische Wetter flößte vermutlich vielen Menschen Angst ein, nicht Alma. Sie liebte ihre Heimat und die Gezeiten. Was gab es Schöneres, als an einem verschneiten oder verregneten Tag am Kamin zu sitzen, umringt von Kerzen, und mit einer Tasse heißem Kakao in der Hand zu lesen?

Und genau das hatte sie jetzt vor. Mit ihren Freundinnen.

»Mach die Tür zu, Alma! Es wird kalt!«, erinnerte sie eine derer. Es war Dori, die eine wandelnde Frostbeule war.

Alma schloss grinsend die Tür und hängte ihre Jacke an der Garderobe auf. Ihre dicken Winterboots, die vor Schnee troffen, hatte sie unlängst auf der Fußmatte geparkt. Ihre Füße steckten nun lediglich in Socken. Wunderschönen und sehr gemütlichen Socken. Selbst gestrickt von Mias Tante, die leider schon von ihnen gegangen war. Stacy hatte ein Handarbeitsgeschäft in Jolly Tree besessen. Und jeder, der hier wohnte, besaß wenigstens ein Stück von ihr. Auf diese Weise lebte sie zumindest in ihren Herzen und ihren Erinnerungen weiter.

Und sie war der Grund gewesen, warum einige Frauen aus Jolly Tree diesen kleinen, privaten Club gegründet hatten.

Zu dem sich Alma heute leider verspätet hatte. Eigentlich benötigte sie nur ein paar Minuten zu Fuß, um vom B&B zu Maude zu gelangen. Allerdings hatte sie vor ihrem Mädelstreffen in der Auffahrt und auf den Gehwegen noch Schneeschippen müssen und dies fiel am heutigen Tag zeitintensiver aus als gewöhnlich. Der Schneefall war heftig.

Maude, ihre Gastgeberin, hatte sie nur kurz hineingelassen und war schon wieder am Herd verschwunden, weshalb Alma schnurstracks ins Wohnzimmer ging, um ihre Freundinnen zu begrüßen.

Eine heimelige Wärme und ein Duft von Bratapfel begrüßten sie beim Eintreten. Und ein riesengroßer Weihnachtsbaum, sehr geschmackvoll in traditionellen Farben geschmückt. Woher der Bratapfelduft stammte, erkannte Alma augenblicklich.

Mia und Dori, die es sich auf dem Dreiersofa gemütlich gemacht hatten, tranken roten Punsch. Ganz gewiss alkoholfrei, da Mia eine niedliche, runde Kugel vor sich hertrug. Sie war im sechsten Monat schwanger. Und verlobt, mit James Wilder. Dem wohl charmantesten Mann, den Alma je kennengelernt hatte. Mia selbst war herzensgut. Zu ihr hatte Alma einen besonders guten Draht. Sie schwammen einfach auf derselben Wellenlänge. Sie hatten sogar den gleichen Modegeschmack. Und Mia hatte die süßeste, blonde Kurzhaarfrisur, die man sich nur vorstellen konnte. Mia und James waren letztes Jahr an Weihnachten zusammengekommen, und es war die perfekte Liebesgeschichte! Alma freute sich unheimlich für sie. Die beiden waren liebe Menschen und sie hatten dieses Glück verdient.

»Und du bist dir sicher, dass du nicht mit einem Schneemann verwandt bist?«, scherzte Dori trocken, indes nicht weniger herzlich, und rieb sich wärmend die Arme. Dorothee Doole scherzte immer trocken. Die Blaubeer-Königin von 2010, eine traumhaft hübsche Frau mit glänzenden, braunen

Haaren, perfekt in Wellen gelegt, war taff. Das musste sie sein, hatte sie einmal erwähnt, als alleinerziehende Mutter. Und dies strahlte auch ihr gesamter Look aus. Meist trug sie Kostüm oder wie dieser Tage im Winter schicke Hosenanzüge. Na ja, und der Stoff sah nicht unbedingt kuschelig aus. Kein Wunder, dass sie fröstelte.

»Schön wär's. Ich liebe Schneemänner. Und um eins klarzustellen: Ich friere ebenso. Ich habe da draußen fünfzehn Minuten Schnee geschippt, sogar meine Pobacken sind eingefroren – Ich fühl's! – und das will was heißen«, gab Alma zum Besten und ließ sich in einen freien Sessel plumpsen.

»Du musst nur Bescheid sagen. James hilft dir gern, jetzt, wo Becky und Sil nicht da sind«, bot Mia ihr zwinkernd an und reichte ihr einen Becher Punsch. – James hatte eine gewisse Ehrfurcht vor den Cousinen. Früher hatte er sie heimlich die Hyänen genannt. Nicht mehr, seit sie Alma mit dem Jobangebot spontan aus der Patsche geholfen hatten.

»Das ist lieb, aber er hat genug mit eurem Haus zu tun. Und ich habe ohnehin genug Zeit. Es ist einfach nur kalt«, bedankte sich Alma und genoss einen Schluck ihres dampfenden Getränks. Säure und Süße prickelten auf ihrer Zunge um die Wette. Der Punsch war herrlich aromatisch und würzig. Und er wärmte ihre eingefrorenen Finger.

Mia wandte sich nun ihrem neusten Häkel-Projekt zu. Einer niedlichen Babymütze aus extra weichem Garn. Denn dafür waren sie hier. Und um zu quatschen.

Ihr Strick-, Häkel- und Buchclub – sie hatten sich einfach nicht für ein Hobby entscheiden können, jeder tat gerade das, was er mochte –, fand nunmehr seit acht Monaten wöchentlich an jedem Dienstagabend statt.

Dienstag …

Es war Dienstag. Calum war demnach schon drei Tage hier. An denen Alma ihn heimlich beobachtet und hin und wieder mit ihm über Jolly- und Graceful Tree gesprochen hatte. Das Erstaunliche war, wenn sie das taten, hörte er ihr tatsächlich aufmerksam zu. Und das war eine willkommene Abwechslung zu ihrem Exfreund, der, rückblickend betrachtet, mehr mit sich selbst beschäftigt gewesen war. Bloß, bislang waren sie an der Oberfläche geblieben. Alma hatte nach wie vor nicht mit ihm über ihren Jobwunsch gesprochen und gleichfalls nicht weiter über Privates. Dabei fragte sie sich ständig, was er dachte. Und aus einem ihr unerklärlichen Grund mochte sie seine Nähe. Sie wusste nichts über ihn und ertappte sich trotzdem immer wieder bei dem Gedanken, ihm nahe sein zu wollen. Was offenkundig keine gute Idee war, da sie sich auf die Art bestimmt nur Frostbeulen zuzog. Ihr Herz hatte die vergangenen Monate schon genug gelitten.

»In einer halben Stunde können wir essen«, erklärte Maude, Mias Schwiegertante in spe – Maude war James' Tante –, und nahm in einem weiteren Sessel Alma gegenüber Platz.

Ihr Club fand seit seiner Gründung bei Maude statt, während Vinny, ihr Ehemann, den Abend in der hiesigen Sportbar verbrachte. Maude kochte an jedem Abend für die Frauen. Sie liebte es, sie zu verwöhnen. Die jungen Frauen waren zu einem Teil ihrer Familie geworden. Sogleich schnappte sich Maude ihr Strickzeug und legte los. Die Nadeln klackerten fröhlich aneinander.

Während Maude strickte und Mia häkelte, lasen Alma und Dori gern, wenn auch nicht viel. Sie besprachen mehr das Gelesene. Heute einen aufregenden und zugegeben sehr leidenschaftlichen Regency-Roman. Dori liebte derlei Lektüre. Sie alle taten dies.

»Es gibt übrigens Spaghetti Bolognese«, kündigte Mia vielsagend an.

Bolo!? Maude machte die beste Bolo aller Zeiten. Alma stöhnte freudig auf. »Sag bloß, du hast wieder diesen tollen Parmesan besorgt?«, fragte sie leicht gierig. Das Schneeschippen war anstrengend gewesen, sie war quasi ausgehungert.

»Natürlich, mein Liebes«, versicherte sie ihr und grinste verschwörerisch. »Nur das Beste für uns. Vinny vergnügt sich schließlich mit seinen marinierten Rippchen. Es sei ihm gegönnt. Er ist ein Schatz.« Sie lachte kurz auf, ehe sie gleich darauf ernster wurde. »Ihr wisst, wir haben noch etwas zu besprechen! Janine hat mich *erneut* angesprochen.«

Schlagartig stöhnten die Frauen im Gleichtakt auf.

»Warum will sie mitmachen!?« Mia verstand es nicht. Sie und Janine hatten eine wenig erfreuliche Vergangenheit. Janine war ihr gegenüber oft abfällig gewesen. In den letzten Wochen jedoch war etwas mit ihr geschehen. Plötzlich schien sie netter. Zuvorkommender. Und zwar gegenüber jedermann.

»Ich weiß es nicht. Ich vermute, sie sucht Gesellschaft. Man munkelt, es gab ein Zerwürfnis mit ihrer Frau Mama«, sagte Dori und übernahm dabei die alte Sprache aus ihrem Roman.

»Das munkelt man nicht nur, das ist so«, bestätigte Maude, die aufgrund ihres Alters oft zu anderen und besseren Quellen des Tratsches Zugang hatte.

»Oha!«, meinte Dori.

Mia haderte mit sich. »Na, gut! Von mir aus. Sie bekommt eine Chance ... Eine! Allerdings, wenn sie zickt, fliegt sie raus ... Oder?«

»Wer zickt, fliegt raus«, bestätigte Alma und hob ihr Glas.

»Wer zickt, fliegt raus!«, echoten alle im Chor.

War das der Trinkspruch des Abends? Offensichtlich. Die Frauen erhoben allesamt ihr Glas und lachten.

»Tja, das soll was werden ...«, murmelte Mia, was beinahe unterging.

Unvermittelt tönte *Let it Go* lautstark zu ihnen herüber. Brees Lieblingslied aus ihrem Lieblingsfilm. Alma schaute Richtung Esszimmer und lauschte den bekannten Klängen.

Bree war Doris sechsjährige Tochter. Wie oft sie den Film *Frozen* geschaut hatte, wusste Alma nicht, aber es waren etliche Male gewesen. In denen Bree wiederholt hinterfragte, ob Elsa wirklich Superkräfte besaß oder ob sie nicht doch eine Art Raketenwissenschaftlerin von der Nasa war und der Film dies nur nicht verraten wollte. Bree war ein kluger Kopf und interessierte sich für vieles. Für die Nasa besonders. Gleichwohl wirbelte ihr kindliches Gehirn einiges durcheinander, Fiktion und Realität verschwammen und das war einfach zuckersüß.

»Jetzt kommen wir aber mal zu den wichtigen Themen!«, verkündete Maude. Ein leises Lächeln umspielte ihre Lippen. Maude besaß eine sehr lebensfrohe, herzliche Natur und manchmal eine freche Zunge. Was man ihr so gar nicht ansah. Zwar trug sie eine flotte Kurzhaarfrisur, indes war ihre Kleidung stets gediegen.

Dori wusste auf Anhieb Bescheid und klinkte sich mit ein. »Wie – ist – er?«, fragte sie euphorisch und unterstrich jedes ihrer Wörter mit einer ausufernden Geste.

Alma wusste natürlich sofort, von wem die beiden sprachen. Gewiss hatten sie bereits vor ihrem Eintreffen über ihn gesprochen. Sie konnte es ihnen nicht verübeln.

»Sieht er so gut aus wie in den Zeitschriften?«, bohrte Mia nach. In ihrem Blick flackerte unverhohlene Begeisterung.

O Gott! Was sollte sie sagen? Ja … Besser … – Nein, das natürlich nicht. Himmel, was konnte sie sagen, *ohne* etwas von ihrem eigenen Gefühls-Wirrwarr preiszugeben? Nicht dass sie es unbedingt verheimlichen wollte. Nein, sie wollte es lediglich erst einmal für sich sortieren, bevor sie darüber sprach. »Er ist … Also, *nett* kann ich nicht sagen. Ich habe kaum mit ihm gesprochen. Er sitzt den ganzen Tag im Salon und arbeitet. Nichtsdestotrotz, er ist höflich, wenngleich recht kühl.«

»Der Eisprinz«, seufzte Dori andächtig und verwendete damit den Kosenamen der Presse, was gänzlich untypisch für ihre Freundin war, und zwar beides. Besonders das Schmachten. Ihre nächste Äußerung erklärte es. »Für mich ist er in jedem Fall ein Prinz. Ein Prinz in glänzender Rüstung. Er hat Goldsteen entlassen. Einen boshaften und sehr intriganten Menschen. Calum Prince hat mir Weihnachten versüßt. Yes!«

Postwendend biss sie sich auf die Zunge. »Sorry, das klang gemein. Jetzt fühle ich mich schlecht.«

»Das musst du nicht, Liebes«, wandte Maude mütterlich ein. »Frank Goldsteen ist bekanntlich keiner von den Guten. Das hat er mehr als einmal bewiesen.« Sie verzog missbilligend das Gesicht. »Und er wäre nächstes Jahr eh in Rente gegangen. Sei's drum.« Maude zuckte nonchalant mit den Schultern.

Alma konnte ihr nur beipflichten und schenkte ihrer Freundin Dori ein aufmunterndes Lächeln.

Ebenso wie Mia, bevor sie einen aktuellen Artikel einer Promi-Zeitschrift in die Höhe hielt, der sich vornehmlich mit Bildern von Calum und seinem Bruder beschäftigte.

In der Mitte prangte ein rotes, gebrochenes Herz, das blutete. Die Schlagzeile lautete: *Eisprinzen küsst man nicht!*

»Ich möchte ihn zu gern mal in echt sehen«, spaßte Mia.

»Warum nicht!? Du kannst mich gerne jederzeit besuchen kommen«, schlug Alma scherzhaft vor. »Ich unterbreche ihn dann bei seiner Arbeit und stelle dich ihm vor. Nur für dich.« Alma schickte ihr einen Luftkuss.

Mia grinste. »James hat über mich gelacht, als ich angedeutet habe, dass ich ihn recht attraktiv finde. Was soll ich sagen, ich beschäftige mich eben gern mit schönen Dingen.« Und das tat Mia wirklich. Sie arbeitete seit Jahren als freiberufliche Buchcoverdesignerin und entwarf die schönsten Buchumschläge. Alma bewunderte sie dafür.

»Lass ihn lachen. Vinny hat sich deshalb auch über mich lustig gemacht«, gestand Maude. »*Überlegt nur, was geschehen würde, wenn zum Beispiel Gisele Bündchen in der Stadt aufkreuzen würde. Der ganze Verkehr würde zum Erliegen kommen. Da ist unsere harmlose Schwärmerei doch nichts dagegen.«

»Stimmt …«, schloss sich Dori grübelnd an. Ein schelmisches Grinsen umspielte ihre Lippen. »Aber er ist schon sehr sexy, oder!? Wer weiß, vielleicht hätte er denselben Effekt, wenn er die Main Street langliefe.«

»Verdammt sexy«, potenzierte Mia Doris Schwärmerei lautstark und schaute eifrig zu Alma, um ihre Meinung zu erfahren.

Alma blinzelte. Herrje, was sollte sie sagen …? Sie nickte zögernd und bewusst nichtssagend. Irgendwie musste sie sich Zeit verschaffen …

»Momy!? Was ist *sexy*?«, tönte es plötzlich aus dem Nebenraum. Das letzte Wort langgezogen.

Oje … Alma wusste nicht, ob sie lachen oder weinen sollte.

Tapsige Schritte waren zu hören. Bis Bree mit ihren süßen Flechtzöpfen und resoluter Schnute vor ihnen zum Stehen kam. Nachdrücklich verschränkte sie die Arme vor der Brust. »Was bedeutet das Wort, Momy?«

Da kam Dori nicht mehr raus. Ihre Tochter verlangte eine Antwort. Sie lächelte zerknirscht.

Große Güte! Wie erklärte man einer Sechsjährigen dieses Wort?

Oh … sie hätten leiser reden sollen.

Gleichzeitig musste Alma grinsen. Denn halleluja! Wer hätte gedacht, dass ein kleines Mädchen ihr den Allerwertesten retten würde. Alma atmete auf. Und eins war gewiss: Bei nächster Gelegenheit würde sie Bree ein dickes, fettes Eis spendieren.

Der Zauber der Sterne

»Und denk' daran: Eisprinzen küsst man nicht ...« In Endlos-schleife, wie bei einem Ohrwurm, hörte Alma immer wieder diesen einen fatalen Satz. Den Gedanken daran würde sie jetzt nicht mehr loswerden.

Einzig und allein Schuld daran war Maude. Bei ihrer Verabschiedung hatte sie ihr eine Vorratsdose mit einer großen Portion Spaghetti Bolognese in die Hand gedrückt und ihr dann diesen einen heimtückischen Satz in den Kopf gepflanzt. Mit einem wissenden, fast selbstgerechten Schmunzeln hatte sie ihr einen liebevollen Kuss auf die Wange gedrückt und ihr eine gute Nacht gewünscht. Doppeldeutiger ging es ja wohl kaum. Becky und Sil wären ausgesprochen stolz auf ihre alte Bekannte.

Sie selbst raufte sich darüber die Haare, die derzeit ohnehin in alle Richtungen abstanden. Nach ihrer Heimkehr hatte sie geduscht und sich die Haare geföhnt. Dann waren sie immer besonders plusterig, weshalb sie ein bisschen Haaröl, das herrlich nach Mandelblüte duftete, hineinknetete.

Während sie das tat, blickte sie sich um und lauschte. Es war bemerkenswert leise im Haus. Ihr direkter Nachbar, über den sie gerade lieber nicht weiter nachdenken wollte, schien demnach bereits zu schlafen. Es war kurz vor zwölf und sie selbst war noch gar nicht schläfrig. Im Gegenteil. Sie war hell-wach. Alma genoss den Anblick ihres gemütlichen Zimmers. Ihre karierte Tagesdecke, auf der sie derzeit im Schneidersitz saß, schmiegte sich weich an ihre vom Duschen erhitzte Haut. Sie trug lediglich dicke Kuschelsocken und einen pastelligen Oversize-Pulli, der ihr knapp bis zu den Knien reichte. In der Ferne sah sie durch das Fenster – den Vorhang ließ sie stets einen Spalt geöffnet – einen Frosty auf dem Dachfirst des gegenüberliegenden Hauses wachen. Wenn sie später einmal ein eigenes Haus besäße, würde sie ebenfalls einen Frosty aufstellen.

Ihre große Liebe zu Schneemännern teilte sie mit der kleinen Bree. Die an *Olaf* aus *die Eiskönigin* einen Narren gefressen hatte. Alma musste heftig schmunzeln, wie sie an den Abend zurückdachte. Und sie musste den Hut vor ihrer Freundin ziehen. Auf bemerkenswert kindgerechte Weise hatte Dori ihrer Tochter den Begriff erklärt.

Alma lachte ein letztes Mal auf und ging dann zum Fenster. Es war eine sternenklare Nacht. Der Schneesturm war verebbt. Am Firmament funkelten Millionen von kleinen Glanzpunkten um die Wette. Sogar ein Stück der Milchstraße war zu erkennen. Ein atemberaubender Anblick, der Alma gleichzeitig demütig werden ließ. Letztlich waren sie alle nur winzige Staubkörner. Und dennoch hatte sie große, mutige Träume. Vielleicht waren sie unbedeutend für die Welt, aber für sie selbst bedeuteten sie alles ... Wie sehr wünschte sie sich ein Stück Geborgenheit in ihrem Leben.

»Also wenn ihr da oben etwas Zeit für mich hättet ...«, flüsterte sie zaghaft gen Himmel und senkte gleich darauf ihren Blick. Sie blinzelte und wollte nicht weinen. Nein, dafür war ihr Leben viel zu schön. Sie wollte an die vielen wundervollen Dinge denken. An ihre Familie, ihre Freundinnen, die wunderschöne Natur, die sie hier in Vermont genießen durfte. Ihre Bücher, ihre Filme und ihre unzähligen Musik-Playlists, die sie sich für jede erdenkliche Gemütslage erstellt hatte.

Unwillkürlich musste sie an einen ihrer Lieblingssongs denken. *I Wanna Dance with Somebody* von *Whitney Houston*. Sie setzte ihre Kopfhörer auf und startete den Song auf ihrem Smartphone. Das war genau das, was sie jetzt brauchte.

Als sie die ersten Töne vernahm, quiekte sie selig auf. Juhu!

Sofort begann sie sich zu bewegen. Schwang ihre Hüften und wippte euphorisch mit. Nur Mitsingen durfte sie nicht, um Calum nicht zu wecken. Sie drehte noch lauter auf, schmiss ihr Handy aufs Bett, damit sie sich frei bewegen konnte, und schloss die Augen. Alma gab sich dem Rhythmus vollends hin. Ihre Schultern grooven mit dem zackigen Beat und ihre Füße machten den Moonwalk.

Ein dumpfes Pochen ließ sie stutzen. War ihr Kopfhörer kaputt?

Sie lauschte. Nein … Und egal! Es war zu schön. Yeah … Oder auch nicht.

Aus dem leisen Pochen war ein Klopfen geworden, ein lautes, alarmierendes Klopfen. Scheiße!

Ruckartig zog sie den Hörer von ihrem Kopf, schleuderte ihn aufs Bett und sprang zur Tür. War etwas mit Miles geschehen? Ging es ihm nicht gut?

Sie riss die Tür auf und stockte.

Vor ihr stand Cal. – Wie sie ihn neuerdings nannte, wenn sie über ihn grübelte.

Und holy moly …

Unter langen Wimpern sah er sie an. Er sah sie richtig an. Sprich, er musterte sie von Kopf bis Fuß und nicht unbedingt dezent. Vielmehr intensiv, als … als könne er nicht anders.

Und Alma wusste nicht, ob sie empört die Augenbrauen hochziehen, sich schüchtern winden oder sich geschmeichelt fühlen sollte. Die Feministin in ihr war definitiv für das Empörtsein. Gewisse Körperstellen schrien entschieden nach noch mehr Aufmerksamkeit, natürlich anderer Natur. O Gott! Was dachte sie da!? Und vor allem: Was wollte er hier? Sie räusperte sich, woraufhin Calum langsam den Blick hob.

Etwas wie Überraschung blitzte in seinen Augen auf. Keine Verlegenheit, wie sie vermutet hätte. Nein, selbstbewusst wie eh und je stand er vor ihr.

Zum wiederholten Mal ertappte sie sich dabei, zu überlegen, was in ihm vorging. Ihm gefiel, was er sah. Das leise Zucken um seine Mundwinkel, das für eine flüchtige Sekunde dort erschienen war, hatte er nicht unterdrücken können. Schön.

Wie schön!?

Ja, schön, weil ich mich vielleicht geschmeichelt fühle, redete sie kurzfristig mit sich selbst. Himmel, Arsch und Zwirn, sie hatte wirklich einen Knall.

Und was viel wichtiger war, nach wie vor hatte keiner von ihnen einen Ton gesagt.

»Kann ich Ihnen helfen?«, fragte sie betont nüchtern, darüber hinwegsehend, dass sie lediglich in einem Pulli bekleidet vor ihm stand. Nun gut, er trug auch nur eine Pyjamahose, die viel zu tief auf seinen Hüften saß, und ein T-Shirt. Alma erhaschte ein Stück dieses neckischen Vs aus Muskelsträngen, das allein durchtrainierte Männer ihr Eigen nennen durften. Die schräge Linie führte ihren Blick geradewegs in tiefere Gefilde.

Jetzt war er es, der sich räusperte, weil sie kurz gestarrt hatte. »Ich dachte, es wäre etwas«, deutete er vielsagend an.

»Es wäre etwas?«, echote sie fragend.

»Die Geräusche …«

»Was für Geräusche?« Wovon zum Kuckuck sprach er?

»Das Stampfen und Knacken. Der Boden hat geknackt. Recht lautstark«, machte er sie aufmerksam und musste sich ein weiteres Mal ein Grinsen verkneifen.

Und dann fiel es ihr ein. Siedend heiß. Shit! Sie hatte getanzt. Ohne darüber nachzudenken, dass der Holzboden etliche Jahrzehnte auf dem Buckel hatte und sie eine Welle aus Gepolter damit auslösen konnte. Shit! »Das tut mir leid«, beeilte sie sich zu sagen. »Ich habe … Ich habe …« Abrupt hielt sie inne. Ja …, was hatte sie? Die Sterne angetanzt und sich einen Mann herbeigesehnt? Das interessierte Calum sicher brennend. »Ach, nichts weiter«, murmelte sie im belanglosen

Ton.

Calum quittierte ihren Kommentar mit einer hochgezogenen Augenbraue.

»Tut mir leid, dass ich Sie geweckt habe«, schob sie eilig hinterher.

»Haben Sie nicht. Ich habe gelesen«, winkte er ab und hob wie zur Bestätigung leicht seine Hand, in der locker ein Buch ruhte, inklusive seiner zusammengefalteten Brille.

Das war ihr bislang gar nicht aufgefallen. Sie sah genauer hin. Es war ein sehr altes, abgenutztes Buch. Offenbar schon mehrmals gelesen. Und sie kannte das Cover …

Jane Eyre!

Er las Jane Eyre!? Also das war interessant. Er war demnach ein Charlotte Brontë-Fan und das sagte … einiges.

Denn sie liebte die Brontë ebenfalls.

»Ja, ich lese Jane Eyre«, sagte er leicht resigniert, als hätte sie ihn mit irgendetwas beleidigt. Dabei hatte sie nichts gesagt.

Erst jetzt bemerkte Alma, dass sie ihren Kopf schief gelegt hatte. Rasch richtete sie sich wieder auf.

Er schaute mürrisch, regelrecht schmollend.

Sie selbst musste über diesen Anblick schmunzeln. »Toll!«, bemerkte sie fröhlich, vielleicht ein wenig zu enthusiastisch, und musste umso mehr schmunzeln. Die Situation war derart abstrus, dass sie im Großen und Ganzen nur darüber lachen konnte. »Ich auch«, ergänzte sie ruhiger. »Und ich liebe die Verfilmungen. Die alten sowie die neuen. Haben Sie die mit Michael Fassbender gesehen?«

Als Antwort grummelte sein Magen. Und zwar heftig. Verdutzt blickte er an sich hinab. »Sorry!«

»Sie haben Hunger«, stellte Alma kurzum fest.

»Ein wenig. Und um auf Ihre Frage zurückzukommen«, antwortete er, die Tatsache wegwischend. Er grinste leicht. »Ja, ich habe ihn gesehen. Er war gut.«

Doch Alma ließ nicht locker. »Haben Sie nichts gegessen?«, wollte sie erfahren. Hunger zu haben, war schrecklich. Und sein Magen grummelte dermaßen stark, als käme er dem Tal des Todes gleich. Bestimmt war er vollkommen leer.

»Nur die Kekse, die ich im Wohnzimmer entdeckt habe. Miles hat sie mir angeboten. Ich hatte vorhin versucht, bei Mario Pizza zu bestellen, aber er wollte nicht liefern.«

»Nicht bei dem Wetter. Und die anderen auch nicht«, ergänzte sie seine Ausführung.

Er nickte. »Und jetzt ist es zu spät. Er sagte, wenn liefert er nur bis zweiundzwanzig Uhr. Wie alle anderen.«

»So ist das Kleinstadtleben«, erinnerte sie ihn lächelnd.

»Ja, so ist es wohl«, antwortete er unbefangen. »Na ja, und ich wollte mich nicht einfach in der Küche bedienen.«

Oh … Das war rücksichtsvoll. Und nett. Und gleichzeitig völlig unnötig. Er konnte schließlich nichts dafür, dass bei diesem Wetter alle Futterquellen versiegten. Die Einheimischen deckten sich mit genügen Vorräten ein, er kannte dies ja nicht. »Ich mache Ihnen was«, beschloss sie prompt. Die restlichen Spaghetti bekam sie ohnehin nicht alleine auf. In der Mikrowelle waren sie im Nu heiß. Und was gab es Besseres als Bolo aus der Mikro. Ihr schmeckte sie dann umso besser.

»Nein, das kann ich nicht verlangen«, lehnte er vehement ab.

»Das tun Sie ja auch gar nicht. Ich biete es Ihnen an.« Alma verschränkte lächelnd die Arme vor der Brust.

Calum zögerte und rieb sich über seinen flachen Bauch, der schon wieder zu grummeln begann. »Aber nur …«, gab er sich geschlagen. »… wenn Sie mir nicht im Stehen einschlafen.«

»Das kriege ich hin.« Alma grinste verschwörerisch. »Geben Sie mir zehn Minuten. Wir treffen uns unten im Salon.«

Alma hatte acht Minuten benötigt, um sich eine Schlabberhose überzuziehen, ihre Haare zu einem unordentlichen Dutt zusammenzubinden, das Essen warm zu machen und sich selbst einen Tee zu kochen. Mit einem Tablett in den Händen betrat sie den Salon, in dem Calum das Feuer im Kamin aufs Neue angefacht hatte. Die Stelle am langen Esstisch davor hatte er von seinen Akten befreit, damit sie sich setzen konnten.

Es war wohlig warm und es herrschte ein angenehm seichtes Licht, da Calum nicht alle Lichter im Raum eingeschaltet hatte. Das meiste Licht kam vom Kamin.

Er kam ihr entgegen und nahm ihr das Tablett ab. Dabei berührten sich kurz ihre Hände. Calum lächelte dankbar. Schief, fast frech, weil er sich unheimlich auf die Mahlzeit freute.

Und Alma … sie erschauderte, weil die Kombination aus dem Gefühl, seine Haut auf der ihren zu spüren, und diesem Lächeln ihr ein durchdringendes Kribbeln bescherte.

»Es duftet großartig.« Er nahm einen tiefen Atemzug. »Ich danke dir.« Calum stellte das Tablett ab und half ihr dann mit ihrem Stuhl.

»Gern«, haspelte sie schlicht und setzte sich, weil sie gerade einige Dinge zu verarbeiten hatte. Erstens: Offenkundig waren sie zum Du übergegangen. Zweitens: Er hatte ihr mit dem Stuhl geholfen. Hatte ihr je irgendjemand mit dem Stuhl geholfen? Nein! Und drittens: Er lächelte. Über das Viertens, das sich mit dem Surren in ihrem Bauch beschäftigte, wollte sie derzeit nicht nachdenken. »Guten Appetit«, beschloss sie daher, zu sagen. Sie nahm sich ihren Tee und beobachtete, wie er sich neben sie setzte und zu essen begann.

Er zerschnitt die Nudeln nicht, wie Derick es jedes Mal getan hatte, sondern drehte sie mit Gabel und Löffel geschickt auf. Gabel für Gabel wanderte in seinen Mund. Er hatte zwar Hunger, schlang jedoch nicht. Cal hatte tadellose Manieren, gleichzeitig fragte sich Alma, ob er sich nie gehen ließ. Er litt Hunger. Und trotzdem saß er gerade da und beherrschte sich. Ihr wäre dies sicher nicht so gut gelungen.

Als nun eine Spaghetti von der Gabel hinunterbaumelte, sog er sie langsam ein. Abschließend tupfte sich Calum die Lippen mit einer Serviette, die sie ihm dazu gelegt hatte. Ganz der vornehme Gentleman.

Und Himmel, er hatte tolle Lippen. Voll und weich … Warum war ihr das zuvor nie aufgefallen? Sie hatten einen tollen Schwung und sahen zum Anbeißen aus. Ja! Sie wollte ihn genau dort … in seine Unterlippe beißen und daran knabbern. Sie wollte an ihr … saugen. In diesem Moment wünschte sich Alma, sie wäre selbst eine Spaghetti, dann würde er an ihr saugen.

»Das ist die beste Pasta, die ich je gegessen habe«, durchbrach Cal jäh ihre Gedanken und blickte auf.

Genau in ihre Augen.

Er lächelte dieses neue jungenhafte Lächeln, ehe die Welt für eine Sekunde erstarrte und sich seine Miene wandelte. Er schluckte schwer. Sein Blick wanderte hinab zu ihren Wangen, verfolgte den Weg ihrer Sommersprossen zu ihren Lippen, auf denen gleichfalls welche zu finden waren, und verharrte dort. Eine gefühlte Ewigkeit.

Was tat er da …?

Obwohl Almas Gehirn leicht wie im Nebel lag, wollte sie es wissen. Sie musste es wissen! Und biss sich auf die Unterlippe. Sie wollte ihn reizen. Herausfinden, was er empfand. Mochte er sie ebenso? Wollte er sie ebenso?

Just in diesem Augenblick zog er sich zurück. Cal schloss die Augen. Sekunden vergingen. Angestrengt rieb er sich den Nasenrücken. – Ihr vager Vorstoß hatte offenbar den gegenteiligen Effekt gehabt. – Calum schnaubte verächtlich, in sich gekehrt.

Herrje, was hatte seine Reaktion zu bedeuten?

»Und lebst du gern in Jolly Tree?«, fragte er mit rauer Stimme, schnaubte ein weiteres Mal und schaute sie dann verhalten von der Seite aus an. Der Eisprinz war zurück. Sein Blick sagte wieder einmal nichts.

»Und Eisprinzen küsst man nicht«, neckte ihre Erinnerung sie im Singsang.

Also das … war böse … Unvermittelt zeigte sie ihrem Unterbewusstsein den Stinkefinger. Der Stich in ihrem Herzen genügte ihr allemal. Aber egal, wenn er es so wollte. Nur was wollte er? Auf jeden Fall einen Themenwechsel. »Ja … Sogar sehr gern«, antwortete sie ehrlich. »Aufgewachsen bin ich jedoch in Graceful Tree. Und fürs Studium zog ich nach Boston. Dort habe ich auch ein paar Jahre gearbeitet. Aber jetzt bin ich froh, wieder hier zu sein. Die Menschen, die Natur, hier bin ich zu Hause.« Die Liebe zu ihrer Heimat hob ihre Laune gleich wieder.

»Verstehe«, erwiderte er nachdenklich und drehte sich eine weitere Portion Nudeln auf.

»Was ist mit dir? Lebst du gern in Boston?«

Mit dieser Frage überraschte sie ihn oder war es ihr Tonfall, mit dem sie es gesagt hatte, denn es interessierte sie wirklich. Er blinzelte. »Die Stadt ist mein Zuhause«, erklärte er wie selbstverständlich. »Wenn man es denn so nennen kann«, murmelte er, bevor er mit festerer Stimme weitersprach. »Letztlich bin ich dort und überall zu Hause. Überall und nirgends. Meine Jugend habe ich in einem Internat im Ausland verbracht, zum Studium war ich in Stanford und seit dem bin ich ständig unterwegs. Klar, in Boston habe ich eine Wohnung. An und für sich verbringe ich dort die meiste Zeit, aber als ein richtiges Zuhause würde ich es nicht bezeichnen«, gab er nüchtern zurück.

Alma war verwundert. Was war mit seinem Elternhaus?

Calum sah die unausgesprochene Frage anscheinend in ihren Augen. »Du fragst dich, was mit meiner Familie ist? Ich würde sagen, die Beziehung zu meinen Eltern, insbesondere die zu meinem Vater, ist, beziehungsweise war eher geschäftlicher Natur.«

Oh … Also das machte Alma sprachlos. Traurig und sprachlos. Vor allem, weil er es dermaßen gleichgültig sagte. Überhaupt, dass er es ihr erzählte. »Das tut mir leid.«

»Muss es nicht. Ich hatte eine tolle Zeit im Internat und ich hatte meine Großeltern.« – Ein Schatten huschte bei dieser Erinnerung über sein Gesicht. Am liebsten hätte Alma ihn in den Arm genommen oder zumindest seine Hand ergriffen, allerdings traute sie es sich nicht. Nichtsdestotrotz wollte sie ihn aufmuntern. Nur wie …?

Er aß weiter, während sie händeringend überlegte.

»Mein Leben ist kompliziert«, bemerkte er zwischen zwei Bissen und es klang frustriert, beinahe wie eine Warnung. »Die Presse. Ständig will jemand etwas von mir: Geld, Kontakte, das berühmte Vitamin B. Die Menschen meinen einen zu kennen. Sie meinen alles über dich zu wissen, allein weil sie etwas in der Zeitung gelesen haben. Das ist lächerlich.« Die letzten Worte spuckte er förmlich aus.

Alma verstand, was er andeutete. Bloß schreckte es sie nicht ab, im Gegenteil. »Du bist demzufolge kein Roboter, Eisprinz oder machthungriger Egomane?«, fragte sie spitzbübisch und wiederholte damit einige der Schlagwörter der letzten Zeitungsartikel über ihn.

Dies entlockte ihm ein argwöhnisches Schnauben und ein leises Grinsen. Aber er grinste und das war ein Anfang.

»Wer bist du dann Calum Prince?«, neckte sie ihn frech. – Draußen in der Ferne hörte sie ein Knacken und Klirren. Abermals brachen Eiszapfen von den Dachrinnen und zerbarsten auf dem gefrorenen Boden. Was sonst …

Glück kann man backen

Alma roch wie eine Vanillestange. Nein, vielmehr wie ein warmer, buttriger Mandelkeks. Denn sie backte bereits seit drei Stunden, indes Miles an der Rezeption für sie die Stange hielt. Ihr Pulli und ihre Haare hatten diesen traumhaften Geruch angenommen. Das wusste sie, weil sie ihrem Helfer gerade einen Probierkeks vorbeigebracht hatte und er es ihr schwärmend verraten hatte.

Zurück in der Küche schellte die Eieruhr.

Sie schnappte sich die Topflappen und zog ein Blech frisch gebackener Marzipanküsse heraus. Sie dufteten himmlisch, aber noch waren sie nicht fertig. Zunächst mussten sie abkühlen, bevor sie zum krönenden Abschluss mit einer Schicht Puderzucker verschönert wurden. Almas Marzipanküsse sahen aus wie kleine Schneebälle, in der Mitte ein Herz aus Johannisbeergelee. Das war der Kuss daran. Der gebackene Keks war supersaftig. Kein Wunder, beachtete man die Menge an Marzipan, die in den Teig gewandert war. Na ja, Glück kam nicht von ungefähr. Gut, dass man es backen konnte.

Alma suchte unversehens nach Platz. Auf dem Küchentisch ruhten derweil die kleinen Lebkuchenmänner, die sie gestern gebacken und zu Beginn ihrer Back-Orgie verziert hatte. Und das alles für ihre Gäste, die kommende Woche in Scharen eintreffen würden. Ihr Haus würde aus allen Nähten platzen.

Becky und Sil verwöhnten ihre Gäste immerzu. Warme

Getränke und Plätzchen waren im Winter Pflicht. Nicht ohne Grund hatten sie auf den gängigsten Buchungs-Plattformen beste Sternebewertungen. Sah man von den Leuten ab, die ein Country B&B buchten und ein Designerhotel erwarteten.

Wie dem auch sein mochte, sie hatte noch viel Arbeit vor sich und dafür benötigte sie Platz. Also entschloss sie sich, erst einmal das fertige Gebäck in Keksdosen zu verstauen. Becky besaß wunderschöne alte Dosen. Alma hatte keine Ahnung, wie alt sie waren, sicherlich an die fünfzig Jahre. Die Bilder auf den Deckeln zeigten Schneelandschaften und Kinder in dicken Fellmänteln, die spielten. Sie erinnerten Alma an Glanzbilder, die sie selbst nie gesammelt hatte, allerdings ihre Mutter, als sie klein gewesen war.

Automatisch wanderten ihre Gedanken zu Cal. Wie hatte wohl seine Kindheit ausgesehen? Sie konnte es nur erahnen, wenn er die Beziehung zu seinen Eltern als geschäftlich beschrieb. Viel wusste Alma immer noch nicht über ihn. Sie kannte zwar nun seinen Lieblingsfilm *Die Liebe in den Zeiten der Cholera*, sein Lieblingsgetränk – okay, das war keine Überraschung gewesen – Kaffee mit Sahne, und seine Lieblingsautomarke, aber aus ihrer Sicht wusste sie viel zu wenig über ihn. Sie glaubte mittlerweile ein besseres Gespür für ihn zu haben, aber wirklich kennen, tat sie ihn nicht. Trotz der zwei Stunden, die sie bis in die Nacht hinein gesprochen hatten, wie zwei nachtaktive Eulen, die keinen Schlaf brauchten. Gut, er hatte sie ja auch ziemlich ausgequetscht. Vermutlich wusste er mehr über sie, als sie über ihn. Und was er ihr alles für Fragen gestellt hatte. Vor allem, mit diesem zuweilen sehr entschlossenen Blick. So oder so, es war ... es war schön gewesen, mit ihm Zeit zu verbringen. Mehr als das ...

Gleichzeitig erwischte sie sich dabei, wie sie *A Moment Like This* von *Kelly Clarkson* mitsummte. – Das Lied lief im Hintergrund. Für ihre Back-Session hatte sie sich für eine Playlist aus Pop- und Weihnachtssongs entschieden. – Und das war nicht gut. Das Lied schon, es war wundervoll, aber dass sie es *verträumt* – Ja, verdammt: Verträumt! – mitsang war …

Wäre sie Teil eines Animationsfilms, würden jetzt mehrere rote Alarmsirenen über ihrem Kopf erscheinen und laut aufheulen.

Zeit, genauer darüber nachzudenken, hatte sie keine. Stimmen wurden laut.

Alma erkannte sie sofort.

Miles' recht klare Stimme und seine tiefe, warme.

Herrje, auch das noch … Flugs richtete sie sich gerade auf und strich ihren Pulli glatt.

»Und gleich hier, um die Ecke ist sie«, kündigte Miles sie freudestrahlend an.

Ihr schmächtiger, grauhaariger Mitbewohner in spe deutete Cal, einzutreten, und zwinkerte Alma verschwörerisch zu, während er wie so häufig an seinen Hosenträgern zog. »Ich sehe, du hast hier alles im Griff«, überblickte er liebevoll schmunzelnd ihr Chaos. »Alma ist eine der besten Bäckerinnen, die ich kenne. Ihre Marzipan…« Er überlegte. »Wie hast du sie gleich noch mal genannt?«

Der alte Filou! Er wusste ganz genau, wie sie hießen. Alma musste sich ein Augenrollen verkneifen. »Marzipanküsse«, erinnerte sie ihn betont langsam.

»Ja! Marzipanküsse. Almas Marzipanküsse sind die besten.« Augenblicklich zwinkerte er Cal vielsagend zu.

Große Güte! Was war los!? Erst Maude und jetzt er! Verkupplungsalarm de luxe. Wie peinlich … Eilig schaute sie in den Backofen, nur um festzustellen, dass er natürlich leer war. Sie hatte erst aufräumen wollen, bevor sie ein weiteres Blech zubereitete. Sie rümpfte die Nase.

»Schön, schön …«, sinnierte Miles nun lächelnd, anscheinend äußerst zufrieden mit sich selbst. »Ich begebe mich dann mal wieder nach vorn und halte die Stellung für dich.« Er stibitzte sich einen Keks, nickte ihnen freudestrahlend zu und verschwand.

»Ich danke dir, Miles!«, rief Alma ihm gedehnt hinterher.

Sie schmunzelte und schüttelte den Kopf. Was für ein Kerl ...
Langsam richtete sie ihre Aufmerksamkeit auf Cal. Bislang
hatte sie vermieden, ihn richtig anzusehen. Seit dem Frühstück waren sie sich nicht mehr begegnet, er hatte außer Haus
gearbeitet und ihn jetzt zu sehen, in einer völlig anderen Kla-
motte und mit diesen ganzen Doppeldeutigkeiten im Kopf,
brachte sie ein wenig aus dem Konzept.

Cal trug einen schicken Winterpulli, dunkle Jeans und
Winterboots, wie man sie nur in Masons Sportshop bekam.
Und er sah toll aus. Jugendlicher. Männlicher.

Mit einem »Hey, was kann ich für dich tun?« versuchte
Alma es betont locker.

Cal schob seine Brille ein Stück nach oben und verschränkte dann seine Arme vor der Brust. Er lehnte sich an die
Arbeitsfläche und guckte sich um. »Mehreres«, deutete er an
und grinste leicht.

Und dieses Grinsen ... Seit wann grinste er derart verwegen, fast raubtierhaft!? Und seit wann ... Verflixt! Seit wann
verunsicherte er sie dermaßen?

Hastig beschäftigte sich Alma mit dem fertigen Blech
Kekse. Schob sie von rechts nach links, als hätte dies irgend-
einen Sinn. »Und das heißt?«, fragte sie schlicht nach und versuchte zu lächeln.

»Ein Kaffee wäre toll. Und ich habe die Kekse gerochen«,
gestand er.

Ah, daher das Raubtier! Alma atmete erleichtert auf und
lachte. »Kekse und Kaffee. Kommt sofort.« Sie schaute zu
ihm herüber und entdeckte, wie er einen Blick auf den Korb
mit den Äpfeln warf. »Bitte, bedien' dich!«, bot sie ihm an.

»Danke!« Er nahm sich einen roten, der rundum wundervoll glänzte. Knackig und saftig. »Für alles«, schob er langsam hinterher und seine Stimme klang dabei wieder einmal
schrecklich dunkel und sinnlich. Von wegen Eisprinz ... Calum sah sie an. »Den Kaffee. Die Kekse. Den Apfel«, zählte er
auf. Sogleich biss er in die saftige Frucht. Die rote Schale

knackte laut und ein Schmatzen war zu hören.

Alma musste blinzeln. Bei diesem Anblick hätte sie am liebsten selbst irgendwo hineingebissen. Holy moly!

Wie er so dastand … Calum Prince hätte genauso gut einem Werbespot für Apfelfarmer entsprungen sein können. Männlich, breitschultrig, sexy. Dieser Anblick brachte Hausfrauen dazu, tonnenweise Äpfel zu kaufen. *Sie* würde es tun. Sofort. »Und … wie läuft's auf der Arbeit?«, sagte sie daher. Irgendwie musste sie sich schließlich ablenken.

»Gut«, antwortete er und rückte näher. – Okay, das hatte sie nicht beabsichtigt.

Schnell eilte sie zur Kaffeemaschine, um neuen aufzubrühen.

»Ich habe deinen Rat befolgt«, ließ er sie wissen. »Ich habe heute mit den Mitarbeitern gesprochen. Zumindest, mit denen im Büro.«

Alma wollte gerade Wasser in die Maschine geben und hielt in der Bewegung inne. Sie war positiv überrascht. »Und?«

»Es lief gut«, erwiderte er schulterzuckend, als würde es nichts bedeuten, dabei bedeutete es eine Menge. »Ich denke, ich konnte ihnen die Angst, entlassen zu werden, nehmen. Ich hoffe es. Ich hatte zunächst ein paar Einzelgespräche mit den Teamleitern und später eine kurze Versammlung mit allen.«

»Das ist großartig, Cal!«, lobte sie ihn und benutzte dabei aus Versehen ihren geheimen Spitznamen für ihn.

Er hob lediglich eine Augenbraue.

Was sollt's!?, dachte sie und grinste. Jetzt war sie es, die mit den Schultern zuckte.

»Danke für den Rat«, bemerkte er und musterte sie, wieder ganz der Geschäftsmann.

Aber, wenn sie sich nicht täuschte, dann schwang auch etwas anderes darin mit. Bloß, was …?

»Hast du morgen schon etwas vor?«, fragte er unvermittelt.

Warum wollte er das wissen? »Ich hüte die Rezeption, wie jeden Tag«, spaßte sie.

»Meinst du, Miles könnte dich noch einmal für ein paar Stunden vertreten?«

»Ein paar Stunden!?«, echote sie. Warum? Ihr fiel beim besten Willen nichts ein.

»Ich möchte zu den Werkstätten fahren. Mit den Mitarbeitern dort sprechen. Und zu einem potenziellen Lieferanten. Du kennst die Gegend. Besser als ich. Und da du mir deine Hilfe angeboten hast.« Den Rest des Satzes ließ er im Raum stehen.

»Sicher …«, erwiderte sie perplex. Natürlich ließ sich das regeln. Miles würde ihr gewiss den Gefallen tun. – Und vor allem, das war ihre Chance! Ihre Chance, ihm zu zeigen, was sie wusste und draufhatte. Nur … sollte sie es ihm sagen? Dass sie schon einmal für ihn gearbeitet hatte? Nein, hier und jetzt schien ihr nicht die geeignete Gelegenheit. Erzählte sie ihm jetzt von Derick, war die Sache vielleicht gleich wieder vom Tisch. Nein, das traute sie sich nicht. Dafür war die Chance zu bedeutend. Und überhaupt, sie wollte ihm ja helfen. Ihm und sich selbst. Demnach war es eine Win-Win-Situation. Genau! »Okay, ich bin dabei«, antwortete sie zuversichtlich und trotzdem, das flaue Gefühl in ihrem Magen verging nicht.

Stopp, Zurückspulen und auf Neuanfang

Schneebedeckte Bäume zogen in einem steten Tempo an Alma vorüber. Unzählige Bäume, die wie mit Zuckerguss übergossen schienen. Eine satte, hügelige Waldlandschaft prägte das Leben um Jolly Tree und der angrenzenden Ortschaften. Alma genoss diesen wunderschönen Anblick in vollen Zügen, während sie über Landstraßen Richtung ihres Heimatorts zurückfuhren.

Derzeit herrschte eine angenehme Stille. Das monotone Motorengeräusch von Cals Wagen lullte sie sogar ein wenig ein. Gleichwohl nur ein klein bisschen. Ihre Sinne waren viel zu sehr geschärft und auf ihn ausgerichtet.

Cal saß am Steuer und navigierte sie sicher durch das leichte Schneetreiben. Sie waren bereits seit Stunden unterwegs. Sie hatten seine Werkstätten besucht und einen neuen Lieferanten, den sie glücklicherweise dazugewinnen konnten. Und Alma hatte jede Sekunde davon genossen. Sie war in ihrem Element gewesen.

Für den heutigen Anlass hatte sie sich extra schick gemacht. Natürlich trug sie keinen Hosenanzug, wie sie es oft in Boston getan hatte, aber für die Verhandlungen mit einem Lieferanten wollte sie selbstbewusst und kompetent rüberkommen und dabei half ihr stets ihre Kleidung. Sie trug eine dunkle Jeans, eine Bluse mit Spitzenbesatz und einen Blazer. Und sie fühlte sich pudelwohl darin.

Cal wirkte heute ebenfalls entspannt. Im Grunde hatte sie ihn nie entspannter erlebt. Okay, er trug wie eh und je diese Eisschicht um sich und so mancher wusste nicht, wie er mit ihm umgehen sollte, die meisten Angestellten waren ihm gegenüber zurückhaltend gewesen, indes wirkte er gelöster.

Nicht mehr ganz so unnahbar. Andererseits, vielleicht ging es auch ihr nur so, weil sie die letzten Tage ein Stück hinter die Fassade hatte blicken können und mehr den Menschen sah und nicht den reservierten Geschäftsmann.

Sie kannte sein leises Lächeln, wenn er sich an die Vergangenheit mit seinen Großeltern erinnerte, und sein schelmisches Grinsen, wenn er Appetit verspürte.

Wenn sie recht überlegte, lächelte Calum Prince eigentlich relativ häufig. Die Erkenntnis überraschte Alma. Sogleich sah sie zu ihm, als müsse sie diese überprüfen, denn sie ahnte, dass er in diesem Moment gleichfalls lächelte.

Und das tat er.

Er lächelte. Still in sich hinein.

Alma musterte ihn heimlich von der Seite. Sein kantiges, attraktives Gesicht, mit dem sie viele Emotionen verband. Eine dunkle Haarsträhne war ihm locker in die Stirn gefallen. Er wischte sie nicht fort. Ließ sie unordentlich an Ort und Stelle liegen. Überhaupt, auch er hatte sich heute für ein schickes, wenngleich legeres Outfit entschieden. Der Anzug war zu Hause geblieben, ersetzt durch eine Stoffhose, Hemd und Pullover. Plötzlich legte er die Stirn in Falten und schnaubte arglos. Grinsend und noch immer ein wenig ungläubig schaute er zu ihr. »Drei Prozent …«, deutete er an. »Du hast ihn um drei Prozent heruntergehandelt«, stellte er zum wiederholten Male fest. Unverhohlene Anerkennung lag in seinem Blick, ehe er sich wieder auf die Straße konzentrierte.

Alma zuckte lediglich mit den Schultern, konnte sich ein Grinsen jedoch ebenso wenig verkneifen. – Calum hatte sie das Gespräch mit dem Lieferanten führen lassen. Nicht dass er es geplant hatte, allerdings waren sie und Blake direkt auf einer Wellenlänge gewesen, hatten gefachsimpelt und so hatte das Gespräch ein Eigenleben entwickelt, in das sich Cal nur geringfügig eingebracht hatte. Letztlich hatte *sie* mit Blakes Woodhouse verhandelt und dabei drei Prozent Nachlass herausgeschlagen. Beide Parteien waren sehr zufrieden. Vor allem Blake, weil er einen permanenten Abnehmer gefunden hatte, sollte die erste Holzlieferung den Erwartungen der Werkstätten entsprechen.

»Das war ein gutes Gespräch«, sagte er, als hätte er ihre Gedanken gelesen. »Und es hat dir Spaß gemacht«, fügte er an.

Himmel, er konnte tatsächlich ihre Gedanken lesen. Oder sie hatte ein schlechtes Pokerface. Nein, eigentlich hatte sie ein gutes, wenn es darauf ankam. Bloß, hier und jetzt benötigte sie schlichtweg keins. Vor wem sollte sie sich verstecken. Gewiss sah er ihr viele ihrer Emotionen einfach an. Und somit erwiderte sie schlicht: »Ertappt.« Gleich darauf richtete sie ihren Blick auf die Straße.

Cal war in eine Seitenstraße eingebogen.

Wozu? Sie näherten sich Jolly Tree. Auf diesem Weg fuhren sie tiefer in die Wälder. Augenblicklich machte es bei Alma klick.

»Ich muss mal kurz nach dem Rechten sehen«, bemerkte er vielsagend.

Alma verstand ihn. Sie waren auf direktem Wege zum alten Haus seiner Großeltern. Vor einem kleinen, viktorianischen Haus auf einer Lichtung kamen sie zum Stehen.

Das süße Knusperhaus, wie Alma es unversehens taufte, besaß breite, wunderschöne Erkerfenster – die perfekten Leseecken –, und filigrane Verzierungen an den Giebeln. Es war in der Tat ein Knusperhaus, mit Zuckerguss aus Schnee. Nur dass die Wände nicht aus Lebkuchen bestanden. Schade, sie hätte sofort hineingebissen. Sie liebte Lebkuchen, besonders die soften Sorten.

Als Alma ihren Blick abwandte, öffnete ihr Cal bereits die

Tür und reichte ihr die Hand. – Okay, sie saß recht hoch in seinem SUV, grundsätzlich kam sie aber genauso gut alleine klar. Und dennoch ergriff sie die ihr dargebotene Hand. Wie sie es die Male zuvor auch getan hatte. Natürlich. Denn Cal hatte tolle Hände. Groß, kräftig. Mit erstaunlich weicher Haut. Und sie mochte den Anblick ihrer Hand in der seinen. Obgleich es nur für wenige Sekunden war. Aber das Beste war dieses Gefühl. Im Nu durchfuhr sie ein … Herrje, wie sollte sie es beschreiben? Es war ein Surren. Ein leises, warmes Surren. Sie traf nicht der Blitz, wie sie es in manchen Romanen gelesen hatte, nein, dieses Gefühl war viel leiser, heimlicher. Dafür umso gefährlicher, denn es breitete sich in ihrem Körper aus. Langsam aber sicher eroberte es jede Zelle. Zäh und kribbelnd und hielt an. Sie spürte ein Kribbeln direkt … Nein, darüber durfte sie jetzt nicht nachdenken! Eilig blickte sie auf.

Nur, um in seine Augen zu blicken, die überraschend nah bei ihren lagen. Und sie erkannte warum, als sein Blick fahrig zu ihren Wangen wanderte.

»Zählst du mal wieder meine Sommersprossen?«, fragte sie. Sie hatte ihn necken wollen, klang jedoch in ihren eigenen Ohren schrecklich atemlos.

Er blinzelte und schaute wieder auf und für einen Augenblick verhakten sich ihre Blicke. Still. Abwartend.

Seine langen Wimpern rahmten seine dunklen, sinnlichen Augen perfekt ein. Alma war versucht, sie sanft anzupusten. Also … Also diese Wimpern brachten sie wirklich aus der Fassung. Allerdings noch lieber wollte sie mit den Fingerspitzen dagegen stupsen. Zart. Sachte. Darüber streicheln. Über seine Wimpern, seine Lider, hinab zu seinen Wangen und dem markanten Kinn, um dort seine Züge nachzuspüren. Sie wollte ihn streicheln und necken. Ob er bei ihren Berührungen erzitterte, wie sie erzitterte, wenn er ihre Hand hielt?

»Alma?«, raunte er leise und stieß dabei kleine Wölkchen aus warmer Luft aus, die sich mit denen aus ihrem Mund mischten.

Sie hatte ihre Lippen wie zu einem Kuss ein klein wenig geöffnet. Wann war das geschehen? Sie schluckte und schloss ihn wieder. »Mhm ...«, erwiderte sie murmelnd. Sie konnte nicht mehr klar denken.

Und Cal schien es ebenso zu gehen. Er schloss die Augen und lehnte seine Stirn an die ihre. Jedoch nur flüchtig. Kurz darauf zog er sich ruckartig zurück und brachte Abstand zwischen sie. »Sollen wir reingehen?«

Eine milde Wärme umfing sie. Im Haus der Prince' war es nicht kalt. Auch nicht sonderlich warm, aber zumindest nicht kalt, wie sie es vermutet hatte. Zudem waren die Möbel nicht abgedeckt. Kein Staub, keine Spinnweben. Es sah aus, als lebten seine Großeltern noch immer hier. Nur dass die Luft schwer und abgestanden war, weshalb Cal im Wohnzimmer die Fenster öffnete.

Alma stand in einem offenen Wohnbereich. Flur, Wohn- und Esszimmer gingen fließend ineinander über. In der hintersten Ecke blitzte ein Stück der Küche hervor. Dicke Balken aus Backstein stützen hier und da das Gebäude. Es war ein gemütlicher Ort, ähnlich dem Primrose Inn. Es gab viele Details zu bewundern. Ein Ort mit einer liebevollen Geschichte. Dies sah Alma sofort. Ein Ort, der zu *seiner* Geschichte gehörte. Sogleich schaute sie zu ihm herüber. Und sah, dass er die Schultern hängen ließ. Nicht viel, gerade genug, dass sie es erkannte.

Er stand am Kamin und betrachtete alte Familienfotos.

»Alles okay?«, fragte sie wie aus Reflex.

Erstaunt drehte er sich um, als hätte ihm nie zuvor jemand diese Frage gestellt. Er seufzte. »Es ist komisch, all das zu sehen. Besonders jetzt, im Winter«, gestand er nachdenklich und setzte sich auf ein Sofa. »Weiß du, ich mag Weihnachten«, sagte er unvermittelt und aus seinem Mund klang es, als wäre die bloße Tatsache, es auszusprechen, verrückt.

Große Güte, was musste er für ein Leben geführt haben,

um sich zu schämen, weil er Weihnachten mochte? Alma setzte sich ihm gegenüber. »Ich mag Weihnachten auch«, entgegnete sie mit einem Lächeln.

Dies entlockte ihm ein Schnauben. Halb grinsend, halb resigniert. »Früher haben wir hier jedes Weihnachten gefeiert. Meine Großeltern, meine Eltern, Sebastian und ich. Wir haben Schneemänner gebaut. Unmengen an Keksen vertilgt und ziemlich viel Kakao mit Marshmallows getrunken«, erinnerte er sich und sein Lächeln wurde wärmer.

»Schneemänner sind immer eine gute Idee«, bemerkte sie scherzhaft, mit einem Zwinkern um die Augen, weil sie ihn aufmuntern wollte.

»Das stimmt ...«, erwiderte er lächelnd, ehe er ins Grübeln geriet. »Da war noch alles gut.« Abermals schnaubte er. »Nicht wirklich gut, aber erträglich. Ich hatte Sebastian und Mom und meine Großeltern. Solange meine Großeltern die Zügel in der Hand hielten, war alles gut ... Aber nachdem mein Grandpa krank wurde und mein Vater die Geschäfte übernahm, veränderte sich ... alles. Okay, das Geschäft florierte. Es explodierte. Mein Vater arbeitete Tag und Nacht, um das zu ermöglichen, jedoch unsere Familie ... Wir wurden zu einer der reichsten Familien der Region, aber unsere Familienbande löste sich unaufhaltsam auf. Meine Großeltern starben und meine Mom veränderte sich und wurde zunehmend kühler. Und alles innerhalb weniger Jahre.« Er schüttelte den Kopf, als könne er seinen eigenen Erinnerungen nicht glauben, weil sie derart abwegig schienen. »Sebastian und ich gingen dann aufs Internat. Wir mussten aufs Internat. Denn mein Vater war der Ansicht, dass nur eine gute Bildung und die Kontakte, die man auf einer privilegierten Schule knüpft, dafür sorgen konnten, dass sein Geschäft weiter wuchs. Sein Geschäft. Es war nicht mehr das Geschäft seiner Schwiegereltern. Nein, es war sein Geschäft.« Calum seufzte und sah sie aus traurigen Augen an. – Dermaßen betrübt hatte Alma ihn nie gesehen. Wie schrecklich das alles gewesen sein musste.–

»Das ist der Grund, warum ich nie gegangen bin. Weil er es zu seinem Geschäft gemacht hat. Und ich habe es gehasst, weil ich wusste, dass meine Großeltern es gehasst hätten. Wie er die Menschen behandelt hat … Kalt und geringschätzig. Als wäre ein Mensch eine Ware. Jeder Mensch in seinem Leben war eine Ware, mit einem Wert. Die man entweder förderte oder beiseiteIließ. Aber ich ließ mich nicht beiseitestoßen. Ich habe gekämpft …«

Alma musste schlucken. Ein Kloß hatte sich in ihrem Hals gebildet. Niemals hätte sie vermutet, dass er solch ein Leben geführt hatte. Sie bekam keinen Ton heraus.

Überraschenderweise lächelte er jetzt. Zaghaft. »Kannst du dich an den Sommer erinnern …? Wahrscheinlich nicht«, winkte er selbst ab und verzog das Gesicht.

An *den* Sommer!? Alma konnte es nicht glauben. Sprach er von *dem* Sommer in ihrer Kindheit? Sie musste es wissen. »In der Werkstatt mit meinem Großvater?«, hakte sie nach.

Prompt blickte er auf. »Du kannst dich daran erinnern?« Unglaube schwang in seiner Stimme mit.

»Klar! Ich habe eine Latzhose getragen … und den Männern an den Werkbänken geholfen. Und du hast zugeschaut«, sagte sie leichthin, obwohl ihr Herz einen verräterischen Salto vollführte, weil er sich ebenfalls erinnerte. Und sie konnte sich an so viel mehr erinnern. Wichtiger war indes, an was erinnerte er sich? Fragend schaute sie ihn an.

»Es war der erste Sommer seit Ewigkeiten, den ich in Jolly Tree verbracht habe. Ich sollte alles kennenlernen. Mein Vater wollte es so. Und ich wollte es auch, weil ich wusste, dass ich eines Tages die Firma übernehmen und sie wieder zu dem machen würde, was sie einst war. Und ich traf auf dich. Das taffe, schlaue Mädchen mit den Sommersprossen.« Er sah sie lächelnd an.

Sie wollte so etwas sagen wie: *Ich habe schon bemerkt, dass du auf meine Sommersprossen stehst.* Bloß dieser coole Spruch wollte einfach nicht über ihre Lippen kommen. Stattdessen ließ sie ihr Herz sprechen. »Du warst der süße Junge mit der Brille und den tollen Augen. Ich habe diesen Tag nie vergessen.«

Jetzt grinste er.

»Ich habe mich seither nur gefragt, warum du nicht mit mir gesprochen hast.«

»Weil ich zu der Zeit fürchterlich schüchtern war«, gab er geradewegs zu. »Auf dem Jungsinternat, wo ich lebte, gab es keine Mädchen. Und die Mädchen, die ich über Bekannte kennengelernt hatte, waren anders. Die hätten sich doch nie die Finger schmutzig gemacht.«

Alma lächelte verschwörerisch. »Und ich tu's immer noch.« Herrje, das klang irgendwie … anzüglich. Demnach schob sie schnell etwas hinterher. »Tja, Dinge zu reparieren oder zu bauen, finde ich ziemlich cool.«

»Das ist es«, stimmte er ihr zu. Nach einem Moment des Zögerns ergänzte er: »Schade, dass wir uns damals nicht besser kennengelernt haben.«

Alma konnte ihm nur zustimmen. Allerdings …, ein paar Jahre später hatten sie sich ein weiteres Mal getroffen und da hatte es ganz anders auf sie gewirkt. »Du weißt aber schon, dass wir uns noch einmal begegnet sind?«, forderte sie ihn heraus.

Er stöhnte. »Erinnere mich nicht daran.« Calum lehnte sich zurück und rieb sich die Stirn. Verlegenheit mischte sich in seinen Blick.

Alma ließ ihn schmoren und sagte nichts. Damals hatte er sich unmöglich verhalten. Er durfte durchaus wissen, dass sie ihn kurzfristig gehasst hatte. Nein, derartig schlimm war es nicht gewesen. Ja, gut, vielleicht ein bisschen.

»Es tut mir leid, dass ich damals so getan habe, als würde ich dich nicht kennen. Denn ich erkannte dich. Sofort. Zu meiner Verteidigung muss ich sagen, der Abend war eine völlige Katastrophe. Ich war total überfordert. Mein Vater hatte mir zu repräsentativen Zwecken Amy aufs Auge gedrückt. Die

Tochter einer befreundeten Familie. Es war schrecklich. Sie hatte keine Lust gehabt und ich noch weniger. Sie ist acht Jahre älter als ich und hatte weiß Gott Besseres zu tun, als mit mir auf eine Party zu gehen. Zumal die Party zur ihrer Enttäuschung auf dem Land stattfand. Trotzdem, mein Vater und ihre Eltern bestanden darauf. Gott, mein Vater war so ein Arsch.«

Das war … eine ziemliche Überraschung. Vor allem, weil Cal sie sehr wohl wiedererkannt hatte und sich an die genauen Umstände erinnern konnte. »Schon gut …«, winkte sie ab. Und das war es wirklich. Mehr noch, sie fühlte mit ihm. Mit dem Jungen, der er einmal gewesen war, und mit dem Mann, der vor ihr saß und offenbar wenig Liebe in seinem Leben erfahren hatte. Und dennoch saß er hier und öffnete sich ihr. Ein Mann mit einem anständigen Herzen. Er war nicht kalt, wie die Medien ihn beschrieben, sondern lediglich verschlossen und darauf bedacht, sein Innerstes zu schützen. Seine Kindheit hatte ihn früh gelehrt, Menschen auf Distanz zu halten. Gleichzeitig war er aufmerksam und hörte den Menschen zu. Hörte *ihr* zu. Da er nicht darauf konzentriert war, sich anderen Menschen mitzuteilen, hatte er stets Gelegenheit, die anderen zu sehen. Sie richtig wahrzunehmen. Calum Prince war vielleicht ein Eisprinz, aber unter der meterdicken Schicht aus frostigen Kristallen schlummerte ein warmer Kern, von dem Alma liebend gern mehr entdecken wollte. Und sie freute sich darauf. Lächelnd kuschelte sie sich tiefer in ihre Jacke.

»Ist dir kalt?«, fragte Cal und stand sogleich auf. Er schloss die Fenster, ging zum Regler für die Heizung, der an der Wand befestigt war, und drehte auf.

Er drehte die Heizung auf … Warum war das komisch …? In diesem Moment begann sich auch etwas in Alma zu drehen. Der rosa Nebel um ihre grauen Gehirnzellen lüftete sich schlagartig und die kleinen Rädchen in ihrem Gehirn nahmen Fahrtwind auf … Calum hatte die Heizung aufgedreht. Die Heizung, die eigentlich defekt sein sollte.

Bei seiner Ankunft hatte er davon berichtet, dass es mit

seiner Unterkunft Schwierigkeiten gegeben hatte. Die Heizung sei defekt, hatte er erklärt. Und wo bitte sollte er vorgehabt haben zu wohnen, wenn nicht hier!? Das erklärte zudem, warum alles nett hergerichtet war. Sauber, frisch geputzt. Zeitgleich entdeckte sie einen Obstkorb auf dem Esstisch stehen. Aha … Alma sah ihn stirnrunzelnd an.

Calum setzte sich gerade wieder.

Was hatte das Ganze auf sich? Warum log er? Warum?

»Die Heizung war gar nicht defekt, oder?«, konfrontierte sie ihn geradeheraus.

Augenblicklich riss Cal die Augen auf.

Erwischt!

Er war das personifizierte schlechte Gewissen. Er stieß hörbar den Atem aus und strich sich angestrengt durchs Haar. »Nein«, erwiderte er zerknirscht. Gleich darauf wurden seine Gesichtszüge ernster. »Es gibt einen guten Grund, warum ich diesen Weg gewählt habe«, begann er kryptisch.

Alma verstand kein Wort. Dann ließ er die Bombe platzen.

»Derick Carsens Stelle muss neu besetzt werden.«

Was …!?

Es traf sie wie ein Blitzschlag.

O mein Gott!

War es das, was sie glaubte? War er … war er bei ihnen im B&B abgestiegen, um sie kennenzulernen? Um ihr auf den Zahn zu fühlen?

Nur, woher wusste er von ihr? Sie hatte sich nicht einmal bei ihm beworben? Reflexartig stand sie auf.

»Alma, ich würde dir den Job gerne anbieten.« Auch er war aufgestanden, hielt jedoch Abstand.

Alma konnte es nicht glauben. Sie grinste und wurde unmittelbar darauf wieder ernst. »Das alles war also ein Vorstellungsgespräch …!?«, dachte sie laut nach. »Ein langes, ausgedehntes Vorstellungsgespräch. – Die Verhandlung heute früh mit Blakes Woodhouse …«, begriff sie. »Das war ein Test.«

Cal erklärte sich. »Der Job ist, wie du weißt, sehr wichtig.

Eine zentrale Schnittstelle zwischen uns und den Lieferanten. Und diesmal wollte ich auf Nummer sicher gehen. Hör mal, es tut mir leid, dass ich dich solange im Dunkeln gelassen habe, aber das musste sein. Nach Derick hatten wir kurz jemand anderen eingestellt, aber es hat leider nicht funktioniert. Das Landleben war nichts für ihn. Ich suche jemanden, der verdammt gut ist in seinem Job und gerne hier lebt. Für mich, bist du die erste Wahl.«

Freude und Empörung kämpften in Alma um die Oberhand. Calum Prince bot ihr gerade ihren Traumjob an. Was völliger Wahnsinn war. Am liebsten hätte sie jubelnd aufgekreischt. Auf der anderen Seite wollte sie schmollen, weil sie sich betrogen fühlte. – Nun gut, sie hatte ihm über sich auch keinen reinen Wein eingeschenkt, weshalb sie zu der Frage zurückkehrte: Woher er überhaupt von ihr wusste. »Und wie bist du auf mich gekommen?«, wollte sie erfahren.

»Das ist, um ehrlich zu sein, ein wenig verrückt.« Calum schüttelte bei der Erinnerung den Kopf. »Nachdem mein Vater gestorben war, musste ich mich von jetzt auf gleich mit all unseren Liegenschaften beschäftigen. Zuvor lediglich mit einem Teil. Jolly Tree lag in den Händen meines Vaters. Da er eine andere Personalpolitik als ich pflegte, schaute ich mir zunächst die Akten aller Angestellten an. Deine lag dazwischen, mit einem roten Post-It versehen. Ich konnte sie gar nicht übersehen. – Und ich habe keine Ahnung, wie sie dazwischen geraten ist. Meine neue Assistentin Miss McLoed und die Personalchefin genauso wenig. – Aber da warst du. Ergo las ich mir deine Akte durch. Es dauerte nicht lange, bis ich eins und eins zusammenzählte. Dericks glückliches Händchen endete, als du gingst. Das machte mich neugierig.« Cal schaute wie ein Junge, der etwas ausgefressen hatte. Ihm tat es ehrlich leid. Darüber hinaus lag Entschlossenheit in seinem Blick.

Nachdenklich ließ sich Alma wieder auf der Couch nieder. Konnte das wirklich wahr sein?

Sie grübelte nicht über die Story, die klang tatsächlich wie aus einem zuckersüßen Weihnachtsfilm, als hätte eine Elfe ihre Akte zwischen die der anderen gemogelt.

Nein, sie dachte über sein Angebot nach.

Sie fühlte sich, als hätte jemand auf Stopp gedrückt und zurückgespult. Und *ihr* wurde auf wundersame Weise ein Neuanfang geschenkt. Eine wundervolle zweite Chance.

Und trotzdem …

Diese eine Sache, die sie ihm verschwiegen hatte, nagte unangenehm an ihr. »Du weißt, dass ich dir meine Hilfe angeboten habe, weil ich es so meinte?«, fragte sie zaghaft. Es beschäftigte sie, dass er glauben könnte, sie wäre eine dieser blutsaugenden Zecken, die es einzig und allein auf sein Geld und seine Beziehungen abgesehen hatten.

Er nickte schlicht.

Alma atmete erleichtert auf. Gott sei Dank. Nichtsdestotrotz wollte sie für absolute Klarheit sorgen. Denn sie mochte ihn … sehr und wollte nicht, dass etwas zwischen ihnen stand. »Ich möchte ehrlich sein. Ich habe meinen damaligen Job sehr geliebt und ich freue mich wahnsinnig, dass du mir dieses Angebot machst. Und das ist auch der Grund, warum ich nichts zu dir gesagt habe. Also, dass ich eigentlich schon mal für dich gearbeitet habe. Ich bot dir meine Hilfe an und dann fiel der Groschen. Insgeheim habe ich natürlich gehofft, dass ich dich heute von mir überzeugen kann. Dass du vielleicht bemerkst, was ich kann. Ich wusste nur nicht, wie ich es zur Sprache bringen sollte, insbesondere, weil die Story, wie ich meinen Job verlor, schrecklich unprofessionell klingt. Ich … ich verlor meinen Job wegen Derick.« Alma atmete schwer aus. Sie hatte es Überwindung gekostet, es auszusprechen.

Cal hatte die Augenbrauen zusammengezogen. »Das musst du mir erklären«, bat er.

»Wie du weißt, haben wir zusammengearbeitet. Und … wir waren ein Paar. Als ich mich von ihm trennte, setzte er mich vor die Tür.«

Das gab Cal zu denken. »Ah ja … Du meinst also unprofessionell von ihm und nicht von dir!?«, stellte er fest. Er rieb sich das Kinn und grinste.

So konnte man es natürlich auch ausdrücken. Sie schmunzelte ebenso.

»Jetzt, wo wir das geklärt haben. Du bist also dabei?«, hakte er nach.

Alma konnte es immer noch nicht glauben. Aber ja! »Ich bin dabei!«

Heißkalt erwischt

Ihr Laptop erwachte mit einem steten Surren zum Leben. Es war kurz vor halb acht. Mit einem Kaffee gewappnet richtete sich Alma derzeit an der Rezeption ein. Ein Ohrwurm, den ihr heute Morgen ihr Radiowecker beschert hatte, zauberte ihr ein Lächeln ins Gesicht.

It's the Most Wonderful Time of the Year kämpfte sich unentwegt in ihr Bewusstsein. Und es störte sie kein Stück. Im Gegenteil, es war herrlich. Leise summte sie mit. Am liebsten hätte sie getanzt.

Ihre Laune hätte nicht besser sein können.

Sie hatte ihren Job zurück. Ihren Job, den sie so sehr geliebt hatte. Es war ein wahr gewordener Traum.

Vorausgesetzt Becky und Sil wäre es recht, wenn sie im Januar wechselte. Niemals würde sie die beiden Frauen einfach sitzenlassen. Und genau so hatte sie es Cal gesagt und er war einverstanden gewesen. Mehr noch, der Vorentwurf zum Vertrag sollte sie bereits heute früh erreichen.

Abwartend, dass ihre alte Möhre von PC endlich startete, nahm sie einen Schluck Kaffee. Natürlich mit Sahne. Wie auch Cal ihn mochte. Cal …

Unwillkürlich drehte sie sich um und schaute hinaus durchs Fenster auf die Fensterbank. Ein kleiner Schneemann, gerade mal so groß, dass er darauf passte, mit Ästen als Arme und kleinen Steinchen, die ihm Augen und ein Lächeln schenkten, blickte sie von dort fröhlich an.

Es war ein wundervoller Anblick. In der Morgendämmerung tanzten wenige dicke Schneeflocken, der Schnee funkelte im goldenen, fast orangefarbenen Licht der aufgehenden Sonne und die Luft selbst wirkte kristallklar. Und ihr kleiner Schneemann winkte ihr aufmunternd zu. Als wünschte er ihr einen schönen Start in den Tag.

Alma war sich sicher, Cal hatte ihn gebaut. Wer sonst hätte es tun soll? Er wusste, dass sie Schneemänner liebte. Natürlich war er es gewesen. Und diese Geste war ... unfassbar süß. Noch gestern Abend musste er sich hinausgeschlichen haben, um ihn heimlich dort zu platzieren. An eine Stelle, von der er ihr den ganzen Tag über Freude schenken konnte.

Gott, das war wirklich unglaublich süß. Und *süß* war nicht unbedingt ein Wort mit dem sie Calum Prince gewöhnlich beschreiben würde. Stark. Grüblerisch. Und sexy. Aber nicht süß. Nichtsdestotrotz, genau das war er.

Ein warmes Gefühl breitete sich in ihrer Brust aus, während sie an ihn dachte. Es umarmte sie förmlich und ließ sie aufseufzen. Sie seufzte ein weiteres Mal, als sie verstand, was es bedeutete. Tief in ihrem Innersten wusste sie es. Sie war im Begriff, sich in ihn zu verlieben. Allein der Gedanke ließ ihr Herz hüpfen.

Und sie begehrte ihn. Ihr Körper reagierte heftig auf ihn. Auch wenn er nicht da war, sehnte sie sich danach, ihm nahe zu sein, ihn zu spüren. Was albern war, da sie sich bislang lediglich die Hand gereicht hatten. Die erschütternde Erkenntnis war ihr gestern Nachmittag gekommen, nachdem sie im B&B angekommen waren und sich für den restlichen Tag voneinander verabschiedet hatten. Sie wollte ihn berühren. Ständig ertappte sie sich bei dem Gedanken, sich an ihn schmiegen zu wollen. Sie fühlte sich wie eine Katze, die sich schlicht und ergreifend in ihre Lieblingsdecke kuscheln wollte. Und zwar jederzeit. Jetzt. Sofort.

Herrje ... Das Ganze: *Er* hatte sie eiskalt erwischt. Nein, nicht *eis*kalt. Heiß. Heiß und kalt. Er hatte sie heißkalt erwischt.

Nur …, das durfte nicht sein.

Er war nun ihr Chef. Und wie hieß es so schön: Don't fuck the company.

Diesen Fehler hatte sie schon einmal begangen und sie würde ihn nicht wiederholen. Calum Prince war tabu! Sicherlich, sie konnten Freunde werden. Allerdings mehr war nicht drin. Zumal sie nicht wusste, wie er zu ihr stand. Okay, sie wusste, er mochte sie und es gab definitiv ein paar sexy Vibes zwischen ihnen. Aber, ob er wirklich Interesse an ihr hatte …

Ein lautes Pling machte sie auf eine eingegangene Nachricht in ihrem E-Mail-Postfach aufmerksam. Erst auf ihrem Handy, dann auf ihrem PC, der endlich hochgefahren war.

Himmel! Es war ihr Vertrag!

Eine Miss S. McLoed – offenbar seine Assistentin, wie Alma der Signatur entnahm – schickte ihr ihren Arbeitsvertrag. Sie öffnete das Dokument und begann zu lesen. Und je mehr sie las, desto schneller wurde sie, desto größer wurden ihre Augen und desto mehr musste sie sich zusammenreißen, nicht aufzukreischen. Letztendlich tat sie es doch.

Laut nach Luft schnappend, kreischte sie auf. Sie sprang sogar ein Stückchen in die Höhe. Und hielt sich sogleich eine Hand vor den Mund. Sie grinste wie einer ihrer Lebkuchenmänner. Das Gehalt war der Wahnsinn. Verflucht, das hatte Derick verdient!?

»Das passt also für dich?«, hörte sie plötzlich eine vertraute Stimme hinter ihr fragen. Tief und samtig. Nichtsdestoweniger amüsiert.

Erschrocken drehte sich Alma um. »Jaaa!« Sie grinste und grinste und konnte gar nicht mehr aufhören. Am liebsten wäre sie ihm um den Hals gesprungen. Doch dies war keine gute Idee. Aus vielerlei Gründen. Einer war, dass sich der Raum ohnehin gerade fürchterlich klein anfühlte. Calum stand gute drei Meter entfernt von ihr und dennoch spürte sie mit jeder Faser ihres Körpers seine Präsenz.

»Das freut mich. Ließ dir alles in Ruhe durch und gib mir

dann Bescheid«, sagte er schließlich, woraufhin Alma nickte und er nähertrat. Cal lächelte mal wieder – dieses leise, zufriedene Lächeln – und nestelte an etwas zwischen seinen Händen. »Ich dachte, das könnte unserem kleinen Freund gefallen«, deutete er an und grinste jetzt verwegen.

Alma folgte seinen Bewegungen und entdeckte in seiner Hand ein einfach geflochtenes Stück Wolle. Ein …

»Ein Schal«, schloss Cal ihren Gedanken. »Für den Schneemann.«

Okay, konnte sie bitte irgendjemand auf der Stelle kneifen! Großer Gott! Dass sie ihm nicht sofort um den Hals fiel, war ein verdammtes Wunder. »Das ist toll«, erwiderte sie krächzend. Sie musste sich räuspern. »Danke.«

»Soll ich oder willst du?«, fragte er und seine Stimme klang mit einem Male derart verführerisch, dass ihr ganz anders wurde. Es war, als streichelte seine sonore Stimme gemächlich über ihre Haut und erweckte jede ihrer Zellen kribbelnd und sehr nachdrücklich zum Leben.

Alma erschauderte. Was hatte er gesagt …? Sie schaute auf, in seine Augen, um dort eine Antwort zu finden. Einzig und allein, um festzustellen, dass nicht nur seine Stimme für sie brannte, sondern sein Blick gleich mit. Aus den intensivsten dunkelbraunen Augen musterte er sie. Eindringlich und voller …

Was es auch immer war, es verleitete sie dazu, näher zu treten.

Sie wollte ihn berühren. Sie wollte … Ihr Blick wanderte zu seinen Lippen. Sie wollte an seiner Unterlippe saugen. Daran knabbern. Ihn beißen. Und küssen. Bis er vollständig die Fassung verlor. Sie wollte, dass er wie sie die Fassung verlor. Denn innerlich hatte sie ihre eigene unlängst verloren. Ihre Selbstbeherrschung baumelte lediglich an einem seidenen Faden. Ihr Körper vibrierte inniglich, weil sie ihn so sehr brauchte. Sie atmete schwer …

Und er? Hatte er soeben gebrummt? Himmel … Er machte

sie fertig.

Und dennoch ... es durfte nicht sein. Alma rang mit sich und schloss die Augen. Sie brauchte Abstand. *»Nein, nein, nein. Es darf nicht sein«*, versuchte sie sich still selbst zu überzeugen. *»Nein.«* Ihre Hand, die sich auf den Weg zu ihm gemacht hatte, stoppte in der Bewegung. Unversehens trat sie zurück und lächelte. Verhalten. Ungelenk.

»Alma?«, kam es rau über seine Lippen. Er konnte seine Verwunderung, sein Verlangen nicht vor ihr verbergen. Nicht mehr.

»Ich denke ...« Sie trat hinter den Tresen. Sie musste fort. Oder zumindest ein wenig Abstand gewinnen. »Ich denke ...«, faselte sie, ohne zu wissen, was sie sagen sollte.

Und in diesem Moment traf ihn die Erkenntnis. Ihre Erkenntnis, die sogleich zu seiner wurde. Alma erkannte es an seinen Zügen. Er begriff, überlegte und kam dann zu dem einzig möglichen Schluss. »Du hast recht.« Gleichwohl seufzte er. Langsam ging er sich durch sein dunkles Haar. »Das Abendessen, das ich zur Feier des Tages geplant hatte, ist damit wohl ebenfalls hinfällig«, ergänzte er nüchtern. Prompt zog er sich zurück. Von Sekunde zu Sekunde kehrte die Maske des kühlen Geschäftsmannes an ihren Platz zurück.

Alma brach es schier das Herz. Jedoch ..., es musste sein. Sie musste auf sich aufpassen. Wer sonst tat es? »Das wäre wohl keine gute Idee«, gab sie leise zurück. Ihre Stimme hatte ein gefährliches Timbre angenommen. Sie räusperte sich, ehe sie weitersprach. »Die Leute würden reden«, untermauerte sie ihre Entscheidung.

»Natürlich«, schloss er resolut das Thema. »Wie gesagt ...« Der Eisprinz wandte sich bereits zum Gehen. Ein letztes Mal setzte er mit sanfterer Stimme an: »Nimm dir die Zeit, die du brauchst. Wir sehen uns.« Und dann ging er und Alma hatte das Gefühl, etwas sehr Wichtiges in ihrem Leben verloren zu haben.

Ein Schneesturm mit Folgen

Warmes Wasser prasselte in einem sanften Strahl auf ihre verspannten Muskeln. Alma genoss die Massagewirkung der Dusche sehr, besonders im Nacken. Es war genau das, was sie gegenwärtig brauchte. Wärme und Streicheleinheiten.

Der restliche Tag hatte sich trist und eintönig angefühlt. Leer …

Kein Wunder.

Calum war nach ihrem Gespräch nicht geblieben. Er war ihr aus dem Weg gegangen und ins Büro gefahren, wie sie durch den Dorfklatsch erfahren hatte. Paul, ihr Postbote, machte Becky und Sil, was den Tratsch betraf, definitiv Konkurrenz. Seither hatte sie ihn nicht gesehen. Lediglich gehört. Vor gut einer halben Stunde, es war halb elf gewesen, war er zurückgekommen. Dem Schneesturm, der gerade draußen wütete, hatte er offenkundig getrotzt.

Alma war die vergangenen Stunden allein gewesen. Denn auch Miles hatte sich abgemeldet, weil er einen Verwandten in Newport bei Renovierungsarbeiten mit seinem Wissen unterstützen und dort übernachten wollte.

Gedankenverloren griff Alma nach ihrer Haarkur und knetete die reichhaltige Mischung in die Spitzen. Sie grübelte, wie sie es im Grunde die letzten Stunden schon getan hatte.

Sie wusste, sie hatte das Richtige getan. Daran bestand kein Zweifel. Trotzdem … er fehlte ihr. In den letzten Tagen hatte sie sich an seine Gegenwart gewöhnt. Mehr als gewöhnt.

Sie liebte diese kleinen Momente zwischen ihnen und wünschte sich, es gäbe eine Chance, ihn besser kennenzulernen, weil der Mann hinter der eisigen Maske, das ahnte sie, einfach toll war.

Alma seufzte. Hätte sie nicht gekniffen, hätte sie jetzt mit ihm gemeinsam unter der Dusche stehen können, rein hypothetisch. Cal wäre bestimmt nicht abgeneigt gewesen. Und ihr Körper erst recht nicht. Unversehens teilte er ihr mit, dass er diese Idee ganz großartig fand.

Am liebsten hätte Alma aus Frustration auf den Boden gestampft. Warum konnte sie nicht beides haben? Den Job und den Mann? Tja, anscheinend hatte das Universum andere Pläne mit ihr. Schade … Leicht missmutig spülte sie sich die Haare aus und gönnte sich eine letzte Minute, um still den heißen Strahl auf ihrer Haut zu genießen.

Die Freude währte nicht lange.

Plötzlich traf sie kaltes Wasser. Wieder warmes. Kaltes.

Ah!

Das Wasser biss sie förmlich.

Eilig drehte sie es aus.

Das Licht flackerte.

O nein!

Alma ahnte Böses. Just in der Sekunde erlosch das Licht.

Vollständig.

Fuck!

Alma wartete. Stromausfälle kamen hin und wieder vor. Und für gewöhnlich dauerten sie wenige Sekunden.

Doch nichts geschah.

Verflixt …

Um sie war es stockfinster. Selbst vom Badezimmerfenster aus schien kein Licht herüber. Die Lichterketten an den Häuserfassaden tauchten die Primrose Lane in den Wintermonaten Abend für Abend in einen goldenen Schimmer. Nichts war davon zu sehen. Der Strom musste in der gesamten Straße ausgefallen sein.

Augenblicklich klopfte es an ihrer Tür. »Alma?«, rief eine besorgte Stimme.

Cal!?

Oje.

»Moment!«, rief sie durch die geschlossene Tür hindurch.

Vorsichtig tastete sie nach dem Türgriff der Dusche, stieg langsam aus und suchte nach ihrem Handtuch, das sie auf der Heizung abgelegt hatte, und schlang es um sich. Sie sah nur schemenhafte Umrisse, aber das genügte, um sich zurechtzufinden. Es war immerhin ihr kleines Reich.

Auf nackten Sohlen tapste sie zu ihrer Zimmertür und öffnete sie.

Sogleich strahlte ihr ein seichtes Licht entgegen.

Die Weihnachtskränze, die von außen an den Türen hingen, waren mit batteriebetriebenen LEDs ausgestattet. Halleluja!

»Geht es dir gut?«, fragte Cal. Sein sorgenvolles Stirnrunzeln verstärkte sich, als er flüchtig an ihr hinabsah.

»Ja, ich stand nur unter der Dusche. Mir ist nichts passiert«, erklärte sie eilig und musterte ihn. – Während er noch immer wie aus dem Ei gepellt, in Anzughose und Hemd, vor ihr stand, lief sie einzig und allein mit einem Handtuch bekleidet umher. Tja, wie war das mit dem Universum? Egal, es gab Schlimmeres.

Und es gab Schlimmeres als einen Stromausfall, der gewiss in ein paar Minuten behoben sein würde. Ihr erster Schreck war schon verflogen. Manchmal musste man die Dinge schlichtweg pragmatisch sehen.

»Gut.« Kurz schaute er sie ein letztes Mal prüfend an. »Weißt du, was los ist?«, wollte er nun wissen und blickte dabei derart ernst drein, als müsse er die Welt retten.

»Ein Stromausfall«, gab sie deshalb nüchtern zum Besten, bloß um ihn zu necken. Sie schmunzelte.

Cal hob eine Augenbraue. »Klug kombiniert, Watson«, erwiderte er trocken und guckte über ihren Kopf hinweg in ihr

Zimmer.

»Es wird bestimmt nicht lange dauern«, versicherte sie ihm und fragte dann, weil er offenkundig nach etwas Ausschau hielt: »Wonach suchst du?«

»Hast du Kerzen?«, wollte er wissen.

Sie nickte und ließ ihn eintreten. Alma deutete gleich auf mehrere Stellen. Auf ihren kleinen Schreibtisch, ihre Fensterbank und ihren Nachtisch. Überall standen zahlreiche Kerzen. Gleichzeitig hielt sie ihr Handtuch mit der anderen Hand gut fest. »Streichhölzer findest du ebenfalls dort.« Rasch griff sie nach ihrem Oversize-Pulli, den sie immer zum Schlafen trug, und zog ihn über. Als Cal kurz mit den Kerzen beschäftigt war, zog sie das Handtuch in einer ruckartigen Bewegung hervor. Überrascht, dass es ihr derartig schnell gelang, fühlte sie sich wie in ein Kunststück von Houdini versetzt. Der berühmte Zauberkünstler hätte es nicht besser gekonnt.

»Das sollte fürs Erste genügen«, stellte Cal fest und nickte zufrieden.

Ihr Zimmer leuchtete mittlerweile in einem samtigen Schein.

»Meinst du, Miles schläft schon? Meinst du, er braucht Hilfe?«, erinnerte sich Cal unvermittelt.

Alma blinzelte überrascht. Dass er an Miles dachte, war … *Sie* war für das B&B zuständig und dennoch dachte er mit. Sorgte sich um einen alten Mann, den er lediglich ein paar Mal gesprochen hatte. Calum Prince war eine Überraschung. Eine wahre Wundertüte, die ihr zahlreiche Emotionen entlockte. Gerade hätte sie ihn einfach knutschen können. Sie grinste, als sie antwortete. »Alles gut. Miles ist bei Verwandten.«

»Beruhigend zu wissen.« Cal strich sich durch sein Haar und überlegte. – Ganz offensichtlich war er bemüht, die Situation unter Kontrolle zu bringen, was gar nicht nötig war. Sie waren in Sicherheit, niemand musste gerettet werden. Auch in den Nachbarhäusern war niemand allein, überdachte sie. Es gab folglich keinen Grund zur Besorgnis. Doch Cal war es gewohnt, Dinge zu kontrollieren, Dinge in Ordnung zu bringen. Seine nächste Frage war der Beweis. »Haben wir ein Notstromaggregat?«

»Leider, nein. Das war bislang nie nötig«, erklärte sie ihm leichthin. Sie setzte sich auf ihre Bettkante und in diesem Moment verflog ihre Leichtigkeit. Denn die Frage war nun, was wollten sie jetzt tun? Er, sie, sie beide? Und darauf hatte Alma beim besten Willen keine Antwort.

Als hätte Cal ihre Gedanken gelesen, fragte er. »Können wir irgendetwas tun?« Er stemmte die Fäuste in die Hüften, voller Tatendrang, was herrliche Dinge mit seinen Armmuskeln anstellte. Sie schmiegten sich dicht an den dünnen Stoff seines Hemdes und dehnten ihn.

Gleichzeitig kam Alma ein ganz anderer Gedanke in den Sinn. Sie fröstelte ein wenig. Ihre Haare waren immerhin noch nass. Ob es ihm genauso ging? Wahrscheinlich nicht. Und trotzdem … »Wir könnten nach unten gehen und Feuer im Kamin machen. Bloß, wenn der Stromausfall nicht lange andauert und die Heizung gleich wieder anspringt, haben wir uns die Arbeit umsonst gemacht.«

»Stimmt. Aber du frierst«, stellte er rau fest. Es war ihm nicht entgangen. Er starrte auf ihre Oberschenkel. Sie hatte eine ziemliche Gänsehaut. Langsam fuhr sein Blick ihre Beine entlang. Runter und gemächlich wieder hinauf. Was ihr ein aufregendes Kribbeln bescherte.

Herrje …, das war nicht gut. Es durfte nicht sein.

Sie griff nach der Strickdecke, die locker auf ihrer Tagesdecke lag und legte sie sich über ihre Beine. »Geht schon«, winkte sie ab und bemühte sich zu lächeln. – Sie musste etwas tun. Alma schnappte sich das kleine Handtuch, das sie auf ihrem Bett parat gelegt hatte und begann ihre Haare zu trocknen.

Cal stand da und schaute sie nur an. Er schaute sie an, als hätte er solch eine Situation zuvor nie erlebt. Und … vielleicht hatte er das auch nie. Ihm wurden einige flüchtige Affären nachgesagt. Hingegen, hatte er je eine ernsthafte Beziehung geführt? Echte Liebe erfahren? Alma wusste es nicht. Allerdings erkannte sie etwas in seinem Blick … Etwas, was sie von sich selbst kannte.

Es war Schmerz. Ein sehnsüchtiger, alles verzehrender Schmerz.

Und die nie endende Hoffnung auf mehr.

Dieser starke, kluge, liebevolle Mann sehnte sich … nach ihr.

Alma sah es plötzlich deutlich vor sich. Sie wusste nicht, wie es geschehen war, aber Cal hatte in diesem Augenblick alle Mauern um sich herum fallen lassen. Ob bewusst oder unbewusst. Sie sah ihn, was er wollte und brauchte. Er verzehrte sich nach ihr, wie sie sich nach ihm verzehrte.

Er wollte sie. Er wollte … ihre Liebe.

Alma traf diese Erkenntnis wie ein Schlag. Unwillkürlich schnappte sie nach Luft.

Cal jedoch räusperte sich zur selben Zeit und wandte sich ab.

Nein …

Er griff nach einer einsamen Kerze. »Du hast sicher recht«, bemerkte er leise, als gäbe er sich auf eine andere Frage selbst die Antwort. Er sah ihr nicht ins Gesicht. Sekunden vergingen. »Der Strom ist gewiss bald wieder zurück. Ich … ich wünsche dir eine gute Nacht.«

Er wollte gehen!? Jetzt!?

Alles in ihr schrie. Ihr Körper, ihre Seele. Sie wollte nicht, dass er ging.

Nie mehr!

Alles andere war ihr egal. Ihr Job. Das Gerede. »Bleib!«, schlüpfte es ihr hastig über die Lippen. Sie sprang auf, ihre Decke fiel achtlos zu Boden.

Cal sah sie überrascht an. Und in seinen Augen lag so viel … Schmerz und Hoffnung. Angst … und Liebe.

Alma konnte nicht anders und überwand den Abstand zwischen ihnen. Sie sagte nichts. Schlang ihre Hände um seinen Nacken und seine Taille und zog ihn an sich.

Cal kam ihr entgegen. Ihre Lippen prallten wild aufeinander.

Es fühlte sich an wie ein Orkan. Ein brennend heißer Orkan, der sie an Ort und Stelle verschlang. All ihre Sehnsüchte entluden sich. Almas Beine wurden weich und sie keuchte, weil ihre Gefühle sie schier übermannten.

Cal nutzte die Gelegenheit, um noch mehr von ihr zu kosten. Er schlang einen Arm um sie und presste sich an sie. Hielt sie fest in seinen Armen. »Alma«, stöhnte er an ihren Lippen, an ihrem Hals. Seine freie Hand fand ihren nackten Po, er drückte ihn.

Erschrocken fiel ihr ein, dass sie unter ihrem Pulli nichts trug. Wie hatte sie dies vergessen können? Egal, denn er knurrte beschwörend: »Alma, ich … ich brauche dich. So sehr.«

Taumelnd, ungestüm landeten sie auf ihrem Bett. Er auf ihr, wobei er sich gleich wieder reckte, um sein Hemd loszuwerden.

Alma half ihm, während ihre Hände auf Wanderschaft gingen. Um ihn zu erkunden. Diesen wunderschönen Mann. Sie strich über seine Arme, hinunter zu seinem muskulösen Bauch. Eine feine Haarlinie wies ihr den Weg. Nicht dass sie ihn hätte übersehen können. Sein kleiner, bester Freund reckte sich ihr unter der Hose bereits munter entgegen. Alma begann an seinem Gürtel zu nesteln.

Sie lachten beide, als Cal mit seinen Finger zu den ihren stieß und ihr half.

Keine Minute später lag er nackt auf ihr. Küsste sie und drückte sie in die Laken. Schwer und besitzergreifend. Es war göttlich. Seine Hände schlüpften unter ihren Pulli und streichelten sie überall. Ihre Seiten. Den leichten Schwung ihrer Brüste. Hinauf zu ihren empfindlichen Spitzen, bis sie zitterte.

Sie erschauderte dermaßen heftig, dass ihr ganzer Unterleib bebte. Mit einem Male war ihr viel zu heiß. Cal war wie ein glühender Ofen. Er schickte Lava durch ihre Adern. »Cal«, flehte sie fahrig. Sie musste ihren Pulli loswerden. Auf der Stelle.

Cal verstand sie auch ohne Worte und kam ihr zur Hilfe. Worte waren gänzlich überflüssig.

Und dann lag sie nackt da. Kühle Luft strich über ihre Haut, aber sie fror nicht, sie brannte.

Cals Blick verschlang sie. Er ruhte derart intensiv auf ihr, dass sie sich wand. Auf eine köstliche Weise wand, weil sie wusste, was sein würde.

Er ragte über ihr auf, stark und beschützend, er hatte sich noch nicht wieder zu ihr gelegt, und studierte ihren Anblick. Unverhohlenes Verlangen lag in seinen Augen. Ein bewunderndes Staunen. »Wunderschön«, raunte er und seine tiefe Stimme sandte eine neue Welle der Lust durch ihren Körper.

»Komm zu mir«, bat sie und er folgte ihr, ohne zu zögern.

Eng umschlungen küssten sie sich, berührten sich. Drängten sich und ließen sich Zeit. Rieben sich aneinander, bis seine Spitze ihre Mitte traf.

Große Güte … Alma hielt die Luft an.

Cal versteifte sich. Angespannt hielt er inne. »Ein Kondom!?«, stieß er keuchend aus. »Gott!«, schimpfte er und biss die Zähne zusammen.

Alma blinzelte.

»Hast du ein Kondom?«, fragte er heiser und küsste sie rastlos auf die Schläfe.

Alma sah ihn benommen an. Sie überlegte. Himmel, sie war schließlich nicht vorbereitet gewesen … auf das hier.

Er hatte offenbar genauso wenig damit gerechnet. »Gott, Alma, sag mir nicht …« Er lachte und flehte zur selben Zeit.

»Im Schubfach!«, erinnerte sie sich schlagartig und deutete auf ihren Nachtisch. – In manchen B&Bs lag ein Stück Schokolade auf dem Kissen, in ihrem sorgten sich die Gastgeberinnen um den Schutz ihrer Gäste. In diesem Moment dankte Alma der göttlichen Weitsicht ihrer beiden Chefinnen.

Noch einmal mehr, als Cal endlich zurück zu ihrer Mitte fand. Er verschränkte ihre Finger mit den seinen und sah sie an. Ihre Lider flatterten, während er träge in sie glitt, bei jedem eroberten Zentimeter. Seine nicht minder. Er küsste sie und Alma fühlte sich … geliebt. Unendlich geliebt. Das hier war nicht einfach nur Sex. Das hier war …

Urplötzlich gab sie einen unverständlichen Laut von sich, sie hatte es nicht kontrollieren können. Er traf einen Punkt tief in ihr … Mmh. Was war das …?

»Gefällt es dir?« Er lachte leise. Stolz.

Und dieses Lachen stellte noch mehr mit ihr an, weil … sie spürte es dort. An jenem Punkt. Alma holte zischend Luft. Das war zu viel …

Und er verharrte dort. Er bewegte sich keinen Millimeter. Dafür küsste er ihre Lider, ihre Wangen, die empfindliche Stelle unter ihrem Ohr. »Ich liebe deine Sommersprossen … Darf ich sie später zählen?«, neckte er sie murmelnd und lachte rau. Und schickte dadurch einen weiteren Stromstoß genau in das Zentrum ihrer Lust.

Alma stöhnte erstickt auf. Sie suchte Halt, packte seine Schultern und biss hinein.

Gott … Wie gelang es ihm, die Fassung zu bewahren? Sich nicht zu bewegen? Sie zu necken!? Alma war … Sie konnte nicht klar denken. Sie bog den Rücken durch und bettelte still um mehr.

Und dann legte er los.

Mit einem letzten kräftigen Stoß war er in ihr. Füllte sie vollständig aus. Cal bewegte sich. Und sie bewegte sich mit ihm. All das, was sich so sehnsüchtig zwischen ihnen angestaut hatte, bahnte sich in dieser Sekunde seinen Weg an die Oberfläche. Pulsierend und mächtig.

Zwei vereinte Puzzleteile, die sich nach Erlösung sehnten.

Aber es war nicht genug. Alma schlang ein Bein um seine Taille und klammerte sich an ihn.

Cal begriff, half ihr, packte sie an der Hüfte und nahm sie mit sich. Rieb sie. Trieb sie unaufhörlich an.

Innen, wie außen. Zwei köstliche Stellen auf einmal. Es war verrückt. Ein erbarmungsloser Strudel aus Lust. Pure, alles in sich verschlingende Lust.

Wie konnte das sein …? Alma spürte die Funken in ihrem Innersten. Heiß und schnell. Unerbittlich. Ein begehrendes Ziehen, bis sie hellleuchtend zersprang. Ein Schrei löste sich aus ihrer Kehle. Sie erbebte, zuckte und spürte Cal, wie er in ihr kam.

Ein Weihnachts-Grinch
zu Besuch

Der Duft von Kaffee lag in der Luft. Wärme umfing sie und das Licht war zurück. Irgendwann heute früh war der Strom zurückgekehrt. Cal und sie hatten noch geschlafen. Zusammengekuschelt hatten sie gemeinsam die Nacht verbracht. Eine wunderschöne Nacht. Mit jeder Menge Streicheleinheiten und Gesprächen. Bis Cal sich schließlich aus den Federn gekämpft hatte, um für sie beide Kaffee zu kochen. Allein dafür war er ihr Held.

Alma fühlte sich … unendlich befreit. Sie war glücklich. Und sie bereute nichts. Im Gegenteil. Sie war sich ihrer Entscheidung sicher. Einen Job konnte man ersetzen. Cal nicht.

Alma schmunzelte in sich hinein, während sie sich zu Ende fertig machte und ihre goldenen Creolen-Ohrringe ansteckte. Eigentlich musste sie sich beeilen. Es war nach acht und sie war ein bisschen spät dran, aber derzeit genoss sie jede Sekunde ihres Lebens.

Cal war gerade unterwegs, um ein paar Besorgungen für das Wochenende zu machen. Sie spekulierte definitiv auf Zuckerstangen, da sie ihm von ihrer Leidenschaft verraten hatte. Cal war nämlich ein aufmerksamer Mann, das hatte er ihr die vergangenen Nacht mehr als bewiesen.

Als es schellte, eilte Alma nach unten. Sie war unschlüssig, wer es sein konnte, da sie keine neuen Buchungen erhalten hatten. Waren Becky und Sil etwa früher zurück?

Fröhlich öffnete sie die Tür. Und erstarrte.

Sie kannte die Frau. Zumindest eine der beiden.

Groß. Wunderschön. Ein Blick wie ein Gefrierschrank.

Calums Mom.

Oje! Was wollte sie hier?

Kleine Eisblitze trafen Alma unvermittelt, als seine Mutter sie von oben bis unten musterte.

»Mrs Prince, guten Tag«, beeilte sie sich zu sagen. »Bitte!« Alma hielt ihr die Tür auf.

Ohne mit der Wimper zu zucken, trat Cals Mom ein. Völlig ungerührt dessen, dass Alma sie erkannt und mit ihrem Namen angesprochen hatte. Sie schnaubte leise, alles andere wäre für die Grand Dame unschicklich gewesen, und inspizierte argwöhnisch den Empfangsbereich. »Guten Tag«, sagte sie mit tiefer Frauenstimme, richtete die Worte jedoch nicht explizit an Alma. Vielmehr war sie damit beschäftigt, ihre schwarzen Lederhandschuhe abzustreifen.

Die Begrüßung übernahm die junge Frau, die ihr rasch gefolgt war. Vermutlich ihre Assistentin. Da sie in der einen Hand einen Organizer hielt und in der anderen ein Handy.

Und Alma behielt recht.

»Tally Greer, mein Name. Ich bin Mrs Prince' Assistentin«, stellte sie sich mit glockenklarer Stimme vor und reichte Alma die Hand. Sie lächelte freundlich. Wie Mrs Prince besaß Miss Greer hellblondes Haar. Und beide hatten es zu einem strengen Dutt zurückfrisiert. Überhaupt sahen sich die beiden sehr ähnlich. Nicht dass sie verwandt gewesen wären. Nein, es sah vielmehr so aus, als trügen sie eine Uniform. Schwarzes Kostüm. Schicke Seidenbluse. High Heels. Zweifelsfrei wurde nichts anderes geduldet. Unabhängig davon, dass es draußen schweinekalt war.

Sogleich empfand Alma Mitleid mit ihr. »Freut mich, Sie kennenzulernen. Was kann ich für Sie tun?«

»Das Offensichtliche. Wir benötigen zwei Zimmer«, kam es just aus Mrs Prince' Richtung. Sie war sichtlich genervt.

Mit pikiertem Blick schaute sie sie an. Es war beinahe eine Provokation …

Wollte Mrs Prince sie provozieren? Alma wusste es nicht und sie brauchte Zeit, um all die neuen Informationen zu verarbeiten. Sie wusste, bis Montag hatten sie Zimmer frei. Sie musste demnach nicht nachsehen. Indes der Blick auf die ausgedruckte Buchungsliste verschaffte ihr Zeit …

Was wollte sie hier? Wusste sie etwa von Cal und ihr? Nein. Wie!? Aber sie guckte derart verstimmt, dass sie nur zu diesem einen Schluss kommen konnte. Himmel, was sollte sie jetzt tun?

Scheinbar nachdenklich fuhr sie mit einem Finger über die Liste. »Einen kleinen Moment noch bitte.«

Okay, okay. Was waren die wichtigsten Fakten. Mrs Prince war Cals Mom. *Und* ihre zukünftige Chefin … Bestand also die Möglichkeit, dass Cal sie eingeladen hatte, damit sie sich kennenlernten? Nein, das klang abwegig … Verflixt, wo blieb Cal? – Egal, sie würde es schaffen! Sie würde die Situation meistern. Genau.

»Wie lange gedenken Sie zu bleiben?«, schlug sie deshalb besonders höflich an.

»Wir reisen morgen früh wieder ab«, erklärte Mrs Prince, in einem Ton, der keinen Zweifel übrig ließ, dass sie sich schnellstmöglich wieder von hier wegwünschte. Ebenso ihre Miene. Derzeit erfuhr die Schneekugel auf dem Tresen ihre Missbilligung.

Himmel, was war mit der Frau los!? Sie war keine Eiskönigin, wie die Presse sie betitelt hatte, nein, sie war der personifizierte Grinch. Ja, gut, sie war nicht grün, haarig oder gar zauselig, jedoch verabscheute sie, ohne es verbergen zu wollen, Weihnachten.

Tja, da war sie in Jolly Tree genau richtig gelandet. Die Menschen hier liebten die Weihnachtszeit.

»Aufpassen, mein Junge!«, tönte es nun hinter ihnen. »Aufpassen!«

Alma erkannte Beckys prägnante Stimmfarbe sofort. Becky klang stets wie ein Feldwebel mit sehr mütterlichem Einschlag. Sie und Silvia gaben gerade Anweisungen. Genauer gesagt, sie gaben sie Cal, der soeben ihre Koffer hineintrug.

Und genau jetzt prallten Welten aufeinander.

Während ihre beiden Chefinnen sie überschwänglich in die Arme schlossen, trotz alledem beäugten sie die Neuankömmlinge mit Argus Augen, begrüßte Cal seine Mutter mit zurückhaltender Miene und einem flüchtigen Kuss auf die Wange. – Vor einer Minute, als er Becky gefolgt war, hatte er noch gegrinst. – Mehr noch, in ihm schien es zu brodeln. Dennoch Tally nickte er freundschaftlich zu.

Zum Glück übernahm Sil nun das Ruder. »Deborah Prince!«, stieß sie freudig aus, als würden sie sich schon ewig kennen.

Herrje, denn das taten sie. Cals Mom war hier aufgewachsen. Vielleicht waren sie nicht unbedingt im selben Alter, nichtsdestotrotz, sie mussten sich kennen.

Sil hatte ihre Jacke ausgezogen, unter der sie einen farbenfrohen Weihnachtspulli trug. Unversehens machte sie einen Schritt auf Deborah zu und nahm sie in den Arm.

Becky folgte ihrem Beispiel und schloss sie ebenfalls in eine Umarmung. »Meine Güte! Wie lange ist es her? Ach, was rede ich. Du hast dich kein Stück verändert. Immer noch die bezaubernde Blaubeerkönigin von 1985.«

Was Deborah von der Begrüßung hielt, war unübersehbar. Zum einen war sie gänzlich überrumpelt, zum anderen wünschte sie sich weit fort. »Danke, Becky. Silvia. Eine Freude«, erwiderte sie knapp.

So leid es Alma tat, aber … Cals Mom war wirklich ein Eisklotz. Was war mit ihr geschehen, dass sie derart zugeknöpft durchs Leben ging? Im Grunde konnte sie nur Mitleid für sie empfinden.

Wie aus Reflex spinkste Alma nun vorsichtig zu Cal, der sich offenkundig dazu entschlossen hatte, wieder seine Maske aufzusetzen. Sie schenkte ihm ein zartes Lächeln. Gewiss konnte er eine Aufmunterung gebrauchen. Er sah nicht aus, als hätte er mit dem Auftritt seiner Mutter gerechnet. Als einer seiner Mundwinkel zaghaft zuckte, wusste sie, sie hatte ihn erreicht.

Schnell sah sie fort, damit niemand es bemerkte, nur um direkt in Silvias Augen zu blicken. Sil warf ihr ein gewieftes Grinsen zu.

Shit … Sie hatte es gesehen! Schnell winkte sie ab. Sie wusste, sie konnte mit dieser Geste nicht viel retten, lediglich die derzeitige Situation.

Sil nickte.

»Ihr müsst zum Essen kommen!«, kam es plötzlich aufgeregt aus Beckys Mund.

Sofort fügte Sil euphorisch hinzu. »Ja! Du, deine nette Kollegin und Calum. Es wird wundervoll. Ich werde kochen.« Für Sil erklärte dies alles. Zugegeben, sie war eine ausgesprochen gute Köchin.

»Danke. Aber, ich denke nicht. Die Arbeit«, deutete Mrs Prince vielsagend und war siegesgewiss, sich gekonnt aus der Affäre geschlängelt zu haben.

Da hatte sie die Rechnung ohne Silvia gemacht.

»Papperlapapp! Was redest du denn da!? Es ist Samstag. Natürlich kommt ihr zum Essen. Nichts anderes lasse ich gelten.«

Gleichzeitig hakte sich Becky bei ihr unter und nickte eifrig. Mit ihrem anderen Arm schnappte sie sich Miss Greer.

Alma musste sich ein Glucksen verkneifen. Aus der Nummer kamen ihre neuen Gäste nicht mehr heraus.

Der übrige Tag war wie im Flug vergangen. Für sie und für Cal. Zeit, dass sie in Ruhe über alles hätten reden können, hatte es leider keine gegeben. Mrs Prince hatte darauf bestanden, schleunigst ins Büro zu fahren, um *angeblich* aktuelle Probleme zu klären. Sie hatte sogar darauf bestanden, einige der Mitarbeiter antanzen zu lassen. An einem Samstag! Was Alma ziemlich daneben fand. Ebenso wie Cal, der ihr zwischendurch geschrieben und dabei ein wenig frustriert geklungen hatte. Darüber hinaus hatte er sie vorgewarnt, dass seine Mom nun wusste, dass sie im Januar bei ihnen anfangen würde, und Alma gewiss mit Fragen rechnen konnte.

Sie selbst hatte alle Hände voll zu tun gehabt, mit Becky und Sil. Die beiden Frauen freuten sich unheimlich für sie, auch wenn sie traurig waren, weil dies Abschied nehmen bedeutete. Und sie hatten sie gelöchert. Und wie! Über Cal. Und darüber, wie ihr Verhältnis zueinander war. Alma hatte sich dazu entschieden, ihnen schlichtweg die Wahrheit zu erzählen. Neugierig, auf der Pirsch nach Informationen waren die beiden weitaus gefährlicher. Das Abendessen sollte schließlich nicht in einer Katastrophe enden.

Und hier saßen sie nun. Versammelt im Salon, den Calum für den Abend freigeräumt hatte.

Derzeit sprach Becky das Tischgebet. Nicht dass sie besonders gläubig war, allerdings das Tischgebet gehörte für sie einfach dazu.

Alma, die keinem Glauben zugewandt war, jedoch aus Respekt vor Becky und Sil still den Kopf gesenkt hatte, nutzte die Gelegenheit, um die Szene in sich aufzunehmen.

Ihre beiden Chefinnen hatten sich extra rausgeputzt, gleichfalls wie Miles, der am späten Nachmittag zurückgekehrt und kurzerhand zum Abendessen dazugestoßen war. Cals Mutter und Tally, mit der sich Alma vor dem Dinner nett unterhalten hatte, trugen weiterhin Kostüm. Cal und sie sahen aus, als hätten sie sich abgesprochen. Ein Umstand, der ihr ein Lächeln entlockte. Beide trugen eine schicke, graue Stoffhose, Alma dazu eine hellblaue Bluse mit Spitzeneinsatz, Cal ein hellblaues Hemd.

Almas nächster Blick ging zum Abendessen, das in Silvias Weihnachtsgeschirr serviert wurde. Sil hatte sich selbst übertroffen. Es gab einen deftigen Braten mit dunkler Sauce, kleine Brötchen, Brokkoli mit Sauce Hollandaise und dazu ein Kartoffelpüree, das so herrlich glänzte, dass Alma sich sicher war, dass eine ordentliche Ladung Butter dort hinein gewandert war. Und *das* war ganz nach ihrem Geschmack. Das Dessert ruhte derweil im Ofen. Ein Kirsch Pie, der warm mit Vanilleeis genossen wurde. Es war ein Festschmaus.

Sie grinste und riskierte einen Blick zu Cal, der ihr gegenübersaß.

Und just in der Sekunde sah er auch sie an. In Gegenwart seiner Mutter wirkte er verhaltener, als die letzten Tage, aber nun lächelte er. Verschwörerisch. Ein Zeichen, dass alles gut werden würde.

Alma hoffte es, denn Deborah Prince flößte ihr schon ein wenig Angst ein, dermaßen herrisch und unnahbar, wie sie dasaß. Becky hatte sie zum Glück direkt neben sich platziert, was so viel hieß, dass sich Alma eines gewissen Abstands zu ihr erfreuen durfte, da nach ihr zunächst Tally folgte und darauf Cal. Dabei wünschte sich Alma, es gäbe eine Möglichkeit, dass sie sich gut verstanden, vor allem, weil sie Cals Mutter war und nicht nur eine der CEOs von The Prince Finest Design.

»Meine Lieben, guten Appetit!«, eröffnete Becky nun das Dinner und begann damit, jedem eine Scheibe Braten aufzutun.

Ein geschäftiges Treiben herrschte, bis sich jeder an den Schüsseln bedient hatte.

Insbesondere Tally nahm sich von allem reichlich. Sie schien gelöst und sich wohlzufühlen. Was zweifelsohne dem Rotwein geschuldet war, von dem sie bereits anderthalb Gläser in einem Affentempo hinuntergestürzt hatte.

»Ein bezaubernder Abend, nicht?«, wollte Sil wissen und gönnte sich ebenfalls einen Schluck Rotwein. Im Hintergrund spielte Musik und in Almas Rücken prasselte ein Feuer im Kamin.

»Alles ist großartig! Es schmeckt so lecker, Silvia«, bestätigte Tally, die regelrecht ausgehungert wirkte. – Na ja, vielleicht war sie dies. Immerhin hatte sie den ganzen Tag gearbeitet. Cal und die beiden Frauen waren erst kurz vor acht zurückgekehrt. – Tally seufzte selig, als sie eine weitere Gabel Kartoffelpüree in ihrem Mund verschwinden ließ.

»Vielen Dank, Liebes«, freute sich Silvia.

Mrs Prince freute dies ganz und gar nicht. Sie rümpfte die Nase. – Sah sie ihre Mitarbeiterin lieber hungern?

Ein weiterer quiekender Seufzer entschlüpfte Tally. »Ich liebe dieses Lied. *Michael Bublé* ist ein Traum«, ließ sie die Anwesenden wissen.

Becky und Sil spielten ihre Weihnachts-Playlist. Derzeit lief *Cold December Night*.

»In der Tat, ein tolles Stück«, reihte sich Miles, der alte Charmeur, mit seiner Meinung ein und zwinkerte Tally schmeichlerisch zu. Sie selbst hickste daraufhin. Das zweite Glas Wein war nun auch leer.

»Herrgott, Greer! Seien Sie ... seien Sie nicht so kindisch!«, herrschte Calums Mom und legte pikiert ihre Gabel zur Seite. Wenig damenhaft, dafür umso lauter.

Tally zuckte zusammen.

Schlagartig war es still am Tisch.

Bis Tally erneut, diesmal weinerlich, hickste und traurig auf ihr leeres Glas starrte.

Große Güte, die Frau war kein Grinch, sie war Ebenezer Scrooge! Am liebsten hätte Alma Tally in den Arm genommen und sie getröstet.

»Mutter, es gibt keinen Grund unhöflich zu werden«, erinnerte Cal sie. Sein Ton klang frostig. – Alma sah, wie er auf dem Tisch eine Hand zur Faust ballte. – »Wir alle hatten einen langen Tag. Aber das ist kein Grund, sich derart rüde gegenüber Angestellten zu verhalten. Gegenüber niemandem.«

»Wie bitte!?« Mrs Prince riss blinzelnd die Augen auf. Sie fiel aus allen Wolken. Ohne Zweifel war sie es nicht gewohnt, dass ihr Sohn auf diese Weise reagierte. Sie schnappte nach

Luft und schoss daraufhin zurück. »Wie *ich mich* gegenüber Angestellten verhalte!?«, echote sie. Sie schaute von ihm, zu Alma und wieder zurück zu ihm.

Oje, wusste sie es? Von ihm und ihr?

»Wenn jemand überdenken sollte, wie er sich gegenüber Angestellten verhält, dann du, mein Lieber«, sagte sie kalt.

Shit! Sie wusste es. Alma sah zu Cal, der erstaunlicherweise ganz ruhig blieb.

Tally, die eingekesselt zwischen Mutter und Sohn saß, duckte sich.

Mrs Prince sprach indes ungerührt weiter. Sie interessierte überhaupt nicht, was er dazu zu sagen hatte. »Gibst dich mit einer Putzfrau ab!«

Augenblicklich schnappten mehrere Personen am Tisch nach Luft, einschließlich Alma, doch Mrs Prince kümmerte es nicht. »Gibst ihr einen wichtigen Job, der eigentlich für einen studierten Mann gedacht ist. Und warum!?« Die Antwort ließ sie gekonnt im Raum stehen.

»Alma ist hochqualifiziert«, feuerte Cal zurück. Soeben hatte er noch seine Maske getragen, jetzt stand blanker Zorn in seinem Blick. »Und das wüsstest du, wenn du dir die Mühe gemacht hättest, ihren Lebenslauf zu lesen.«

Ein herablassendes Schnauben war alles, was seine Mutter erwiderte.

Cal wollte gerade neu ansetzen, da ergriff Alma das Wort. Das war nicht allein seine Schlacht. Nein, es war auch ihre. Obgleich ihr Herz wie verrückt hämmerte – Herrje, mit solch einer Wendung des Abends hatte sie niemals gerechnet –, bemühte sie sich, die Nerven zu behalten. Ihre Stimme klang überraschend fest, als sie zu sprechen begann. »Sie haben meinen Lebenslauf also nicht gelesen. Das ist schade. Denn dann wüssten Sie, dass ich mehr als qualifiziert bin. Ich habe studiert und bringe genau das mit, was für die Position erforderlich ist. Und ich habe bereits in dem Bereich gearbeitet. Ich kenne die Gegend, die Menschen und gerade Ihnen sollte bewusst sein, wie wichtig das für den Job ist. Aber Sie wollen mich ja nicht.« Alma konnte es nicht auf sich beruhen lassen. »Weil ich eine Frau bin!? Weil ich, ja, eine Putzfrau bin!? Und das ist etwas, was ich persönlich sehr bedauere. Dass Sie als Frau, aus welchen Gründen auch immer, lediglich einen Mann mit einer perfekten Laufbahn für die Stelle in Erwägung ziehen. Haben nicht Ihre Eltern, Ihr Vater gemeinsam mit *Ihrer Mutter* unter großen Anstrengungen die Firma aufgebaut?«

Mrs Prince ließ dies nicht gelten. »Völlig unerheblich«, winkte sie ab und lächelte kalt. »Der springende Punkt ist, dass Sie den Job nur aus einem einzigen Grund erhalten haben«, deutete sie vielsagend an.

»Mutter!«, empörte sich Cal und warf Alma einen entschuldigenden Blick zu.

Doch Alma blieb gelassen. Sie wusste es besser. »Ja. Weil ich gut in meinem Job bin.«

»Herzchen, träumen Sie nur weiter. Ich prophezeie Ihnen, noch vor Weihnachten sind Sie den Job wieder los.« Hochmütig prostete sie Alma mit ihrem Weinglas zu und nahm einen Schluck.

»Deborah!« Becky schaute sie mit offenem Mund an. Sie schaute, als würde sie die Frau, die neben ihr saß, nicht mehr kennen. – Und vielleicht war dem auch so. Bekanntlich veränderte Zeit die Menschen und so leid es Alma tat, dass dieser Gedanke in ihr aufkeimte, es veränderte Menschen wohl nicht immer zu ihrem Besten.

»Ich werde …«, griff Cal abermals ein und korrigierte sich dabei selbst. »Wir …«, sagte er stolz und resolut. »Wir werden dir das Gegenteil beweisen.«

Alma schmolz bei seinen Worten dahin. Wir … Himmel, ja! Sie waren ein Wir. Sie schenkte ihm ein Lächeln, das ihm hoffentlich sagte, dass sie genau das waren und es schaffen würden.

Aber seine Mutter gab nicht auf. »Ich verstehe dich nicht«, blaffte sie und ihre Stimme nahm eine gefährliche Schärfe an.

Sie klang beinahe hysterisch. »Du hast Verpflichtungen! Du bist verlobt! – Hat er Ihnen das erzählt!?«, fragte sie bissig.

Für eine Sekunde hörte die Welt auf, sich zu drehen. Nein … nein, das konnte nicht sein. Nein! Es war eine Lüge!

»Was redest du da?«, rief Cal aus und bestätigte damit ihren Verdacht. Er war fuchsteufelswild.

»Er ist niiicht verlobt«, ergänzte Tally inzwischen lallend, in der Hand ein neues Glas Wein, und schaute Alma wissend an. »Das hätte sie nur gern.« Flüsternd setzte sie an: »Er soll Cyn… Cyn… Cynthia Blackwood …« Tally verzog bei dem Namen demonstrativ das Gesicht. »…heiraten. Sie ist zuymlisch reich. Aller… allerdingsch eine riyschtige Ziycke.«

»Danke«, erwiderte Cal trocken. Trotz der Umstände musste er sich ein Schmunzeln verkneifen, er sah aus, als wolle er Tally knutschen.

Seine Mutter hingegen verteilte derzeit Eisblitze in sämtliche Richtungen. »Du verbaust dir deine ganze Zukunft. Siehst du denn nicht, dass es nicht funktionieren kann!« Mittlerweile war sie regelrecht außer sich.

»Ja, genau, du wirst es wissen. Weil mein Leben bisher ja super für mich gelaufen ist.« Seine Worte klangen bitter. »Geld ist nicht alles, Mutter.« Obwohl seine Mom erschrocken nach Luft schnappte, redete Cal unbeirrt weiter. »Ich glaub's nicht!«, stieß er resigniert aus. »Da begegnet mir einmal. Einmal! In meinem Leben, jemand Besonderes. Jemand, der mir wahrhaftig etwas bedeutet. Und du scherst dich ausschließlich ums Geld. Um *deine* Beziehung«, spuckte er angeekelt aus. Erschöpft rang er nach Luft. »Statt dich zu freuen, dass ich endlich glücklich bin.«

O mein Gott …! Hatte er das wirklich gerade gesagt!? Alma spürte, wie sich ihr Herz zusammenzog und gleich darauf weiter galoppierte. Aufgeregt und kribbelnd. Konnte es sein, dass ein Herz vor Glück zersprang? Denn genau so fühlte es sich für sie an.

Sogleich vernahm Alma eine Berührung an ihrer Hand.

Miles drückte sie mit der seinen und zwinkerte ihr schelmisch zu. Becky und Sil grinsten ebenfalls diebisch.

Tränen stiegen ihr in die Augen. Alma suchte Cals Blick … und fand ihn.

Cal lächelte. Dieser großartige, liebevolle Mann lächelte ihr zu. Glücklich und ein bisschen verlegen.

Mit einem Funkeln in den Augen …, das ihr alles verriet. Ein Funkeln, das ihr verriet: Ich liebe dich.

»Ich will eine Familie«, sprach er nunmehr an sie gerichtet und plötzlich schien die Welt um sie nicht mehr zu existieren. Es war einzig und allein ihr Moment. »Ich wünsche mir ein Zuhause. Ein Leben … Mit dir.«

Die Liebe ist ein Rettungsboot

Weiche Laken schmiegten sich sanft an Almas Körper. Und ein wunderschöner, noch schlafender Mann, der ihr in den vergangenen zwei Wochen selten von der Seite gewichen war. Eng umschlungen lag sie mit Cal in ihrem Bett. Es war der 25. Dezember und Alma konnte sich nichts Schöneres vorstellen, als mit ihm, in seinen Armen, in den Weihnachtsmorgen zu starten. Cal war nun ihr Leben und sie war das seine. Und es war wunderschön.

Während draußen der Morgen erwachte und vor ihrem Fenster Schneeflocken einen gemächlichen Tanz anstimmten, kam Alma ins Grübeln. Wie so oft in letzter Zeit, weil sich alles so rasant entwickelt hatte. Auf eine gute Weise.

Irgendwie hatte Calum in Jolly Tree zu sich selbst gefunden. Seine Mutter, die ihr nach wie vor skeptisch gegenübertrat, sah dies entschieden anders. Was Alma jedoch mittlerweile ziemlich egal war. Sie kannte Cal. Vielleicht nicht in Gänze, dafür war ihre Liebe zu frisch, aber sie hatte erkannt, welche Art Leben er hatte führen müssen. Ein Leben, in dem Zuneigung und Liebe wenig Platz gefunden hatte. Und seine Eltern hatten einen nicht unwesentlichen Anteil daran gehabt. Folglich hatte sie beschlossen, dass Deborah Prince' Meinung, wie Menschen zu leben hatten, in ihrer Welt keine Bedeutung einnahm. Vielmehr hatte sie sich dazu entschieden, die Liebe, die er bislang vermisst hatte, auszugleichen. Mit viel Zweisamkeit, Treffen bei Freunden, Abendessen, Kinobesuchen und vielem mehr. Auf die Art hatte sie überrascht festgestellt, dass Calum Prince ein wahrer Kuschler war.

Er hielt gerne ihre Hand oder nahm sie unvermittelt in den Arm. Und nachts kuschelte er sich an sie, manchmal wie ein Ertrinkender und das brach ihr nach wie vor schier das Herz.

Sie wusste nicht alles über ihn, indes wusste sie, dass sie ihn liebte und er sie. Und sie liebte es, ihn jeden Tag ein Stück besser kennenzulernen. Sicher, ihr Leben war nicht einfach, da er nach Silvester wieder vermehrt in Boston arbeiten würde und sie hier, dennoch war sie zuversichtlich, dass sie es schaffen würden.

Und mit dieser Gewissheit schmiegte sich Alma enger an ihn. Genoss seine Wärme und den Duft seiner Haut.

Später müssten sie noch zu ihren Eltern, aber dieser Moment hier war allein für sie.

Als hätte Cal ihre Gedanken im Schlaf vernommen, wachte er auf. Und unversehens drückte er sie an sich. Da war er wieder, der Kuschler. »Das will ich jeden Morgen«, brummte er in ihr Haar und küsste sie dort.

Alma grinste. »Kannst du haben.«

»Wie viel Uhr ist es? Wir sind nicht spät dran, oder?«, wollte er wissen. Cal drehte sich eilig um und schaute auf den Radiowecker. Zum Weihnachtsessen mit ihren Eltern wollte er unter keinen Umständen zu spät kommen, dies hatte er bereits gestern öfters erwähnt. Er war nervös und das war ziemlich süß. Obwohl es unbegründet war, da ihre Eltern Cal längst kennengelernt hatten und ihn sehr mochten. Besonders ihre Mom. Kein Wunder, er konnte ein ganz schöner Charmeur sein.

»Was ist das?«, riss Cal sie verwundert aus ihren Gedanken und hielt ihr eine rote Schachtel mit grüner Schleife hin.

»Santa, vielleicht?«, scherzte Alma. Sie hatte keine Ahnung.

Sogleich setzten sie beide sich auf und lehnten sich an das Kopfteil des Bettes.

»Es ist nicht von dir?« fragte er erneut. Sichtlich verwirrt.

»Nein«, versicherte Alma energisch, wenngleich schmunzelnd und wurde selbst fürchterlich neugierig. Wenn er es nicht dort hingestellt hatte, wer dann? Becky? Tally?

Tally hatte infolge ihres gemeinsamen Abendessens bei seiner Mom gekündigt und übernahm ab Januar überraschender Weise ihren Job im B&B. – Na ja, Alma hatte es nicht wirklich gewundert. Tally passte hierher, zu Becky und Sil, zu Jolly Tree. – Doch würde sie sich nachts in ihr Zimmer schleichen? Wozu? Nein. Das konnte sich Alma nicht vorstellen.

Cal zog die Schleife auf und sah nach.

Ein kleiner Brief und Wollsocken kamen zum Vorschein. Zwei Paar Wollsocken … Ein Paar in Rosa, das zweite in Petrol.

»Die sind aber schön!«, freute sich Alma und kuschelte eines der Paare an ihre Wange, weil das Material herrlich weich war. »Von wem sind sie?«

Cal las bereits den Brief. »Von Stacy …«, antwortete er erstaunt.

»Stacy!? Welche Stacy?«

»Miss McLoed. Meine Assistentin in Boston.«

Alma schnaufte grinsend und küsste ihn leichthin auf die Schulter. »Zufälle gibt's«, murmelte sie. – Auch die verstorbene Tante ihrer guten Freundin Mia, die das Handarbeitsgeschäft in Jolly Tree besessen hatte, hatte Stacy geheißen und Wollsocken geliebt.

Doch Cal reagierte nicht auf ihren Einwurf. Er hatte anderes im Kopf. »Sie kündigt hiermit«, gab er ungläubig von sich. »Sie wünscht uns eine schöne Weihnachtszeit und verabschiedet sich mit den besten Wünschen.«

Alma fuhr hoch. »Was!?«

»Ja. Sieh selbst!« Cal reichte ihr das Schreiben.

Alma konnte es nicht glauben. In verschnörkelter Schrift auf schwerem Papier stand ein zuckersüßes Lebewohl. Und das an Weihnachten. »Das tut mir leid«, erwiderte sie mitfühlend.

»Mir auch. Sie war großartig in ihrem Job.« Er stöhnte und ließ sich langsam zurück ins Bett sinken.

Alma folgte ihm, woraufhin Cal sie zu sich zog und ihr den Rücken streichelte. Nachdenklich fuhr er mit den Fingerspitzen über ihre zarte Haut. »Du weißt schon …?« Cals Stimme klang mit einem Male tiefer und sehr intensiv. Kribbelnd strich sie über ihre Haut und bescherte ihr prompt eine genüssliche Gänsehaut. Bloß …, warum sprach er nicht weiter?

Alma rückte ein klein wenig ab und sah zu ihm auf.

Sein Blick traf den ihren … und es war atemberaubend. Denn in seinem Blick wohnte ein Versprechen inne. Zwischen gesenkten Lidern versprach er ihr die Welt. Seine Welt.

»Du weißt schon …?«, begann er von Neuem. Seine Worte waren ein einziges Raunen. »… *Dich* lasse ich nie wieder los.« Und wie zur Bestätigung küsste er sie. Hielt sie in seinen Armen. Stark und leidenschaftlich. Gab ihr das Gefühl, ganz zu sein. Dank ihr.

Sie war sein Rettungsboot. Und er das ihre. Auf der stürmischen See, die man das Leben nennt.

»Habe ich dir heute eigentlich schon gesagt, wie sehr ich dich liebe?«, fragte er träge zwischen zwei himmlisch durchdringenden Küssen und knurrte, während er sich dichter an sie schmiegte.

Und ja, das hatte er. Es war Mitternacht gewesen. Daran erinnerte sie sich allzu genau. Er hatte ihre Sommersprossen gezählt. Überall und sehr gründlich. Und sie liebte es, wenn er das tat. Liebte es, eins mit ihm zu sein. Sein Alles zu sein. Für sie gab es nur eine Antwort: »Zeig es mir …«

Almas Marzipanküsse

Zutaten
(ergibt ca. 36 Stück)

100 g Marzipan, in sehr kleinen Stücken
80 g Butter, weich, in Stücken
1 Ei (Größe M)
100 g Zucker
200 g Dinkelmehl (Type 630)
100 g gehackte Mandeln
1 TL Backpulver
1 Prise Salz
ca. 50 g Johannisbeergelee
Puderzucker zum Bestäuben

Zubereitung

1. Backofen auf 180°C vorheizen. Zwei Backbleche mit
Backpapier belegen.

2. 100 g Marzipan, in sehr kleinen Stücken, 80 g Butter,
weich, in Stücken, und 1 Ei (Größe M) mit einem Handrühr-
gerät glattrühren (ggf. zwischendurch stoppen und die Marzi-
panstückchen mit einer Gabel zerdrücken). 100 g Zucker zugeben und unterrühren.

3. 200 g Dinkelmehl (Type 630), 100 g gehackte Mandeln,
1 TL Backpulver und 1 Prise Salz zugeben und alles verkne-
ten. Vom Teig mit einem Teelöffel walnussgroße Portionen
abnehmen, zwischen den Handflächen rund rollen und mit etwas Abstand zueinander auf die vorbereiteten Backbleche
setzen (auf ein Backblech passen jeweils 12 Stück).

Die stumpfe Spitze eines Holzkochlöffels in Mehl tauchen und dann mittig leicht in die Teigkugeln drücken (nicht bis zum Boden durchdrücken), sodass dort jeweils eine Kuhle entsteht und die Kugeln an sich etwas flacher werden. Mit zwei Teelöffeln kleine Portionen Johannisbeergelee in die Kuhlen geben und die Plätzchen auf den Backblechen nacheinander 8-9 Minuten (180°C) backen. Marzipanküsse vorsichtig vom Backblech nehmen, auf Kuchengittern abkühlen lassen und zum krönenden Abschluss mit Puderzucker bestäuben. Bon appétit!

Sternenstaub

Eine kleine und gleichwohl sehr wichtige Bitte!

Euch hat mein Buch gefallen!?
Super!

Dann lasst es gerne Sterne regnen.
Was sag ich, stürmen, funkeln … Lasst die Amazon-
Bewertungen hell erstrahlen. ;-)
Das würde mich unheimlich freuen.

Ein bisschen Glitzer können wir doch alle gut gebrauchen,
vor allem an Weihnachten.

Vielen Dank für eure Unterstützung!

Ich wünsche euch fröhliche Weihnachten!

Danksagung

Ich schreibe Geschichten, die an Orten spielen, an denen ich mich selbst zu Hause fühle. Ob bei Elsy Moore in Freds herrschaftlichem Anwesen in Devon, hier in Jolly Tree oder bei Sommerstrandliebe am Meer in Ouddorp. Jedem Buch wohnt ein Stück Heimat inne. Und so individuell dieser Begriff auch für jeden sein mag, hoffe ich, dass ihr euch mit meinen Büchern wohlfühlt und ihr für einen Moment eure Seele baumeln lassen könnt.

Und Jolly Tree ist für mich ein ganz besonders heimeliger Ort. Wer kennt sie nicht, die Bilder vom Indian Summer in Vermont. Eine wunderschöne, naturbelassene Landschaft, die sich perfekt für meine zuckersüßen Weihnachtsgeschichten eignet. Voller Liebe und Zuversicht. Geschichten, die in meinem Herzen entstehen. Für euch, für mich und für ganz viele liebe Menschen, die ich über die Jahre kennenlernen durfte …

Was meint ihr? Ich würde sagen, das ist genau der richtige Zeitpunkt, um sich zu bedanken, oder?

Beginnen möchte ich mit meiner Mum, die mir unermüdlich zur Seite steht und mich unterstützt, wo sie kann. Ich kann gar nicht oft genug Danke sagen!

Ein herzliches Dankeschön geht auch an meine liebe Tante Christiane, die mich seit der ersten Stunde immerzu bestärkt.

Zudem danke ich der kleinen, aber sehr feinen ;-) Autorinnengruppe aus Wuppertal Vohwinkel. Für unseren Austausch, die Tipps und fürs gegenseitige Mutmachen. Thorid, Jacqueline, es ist so schön, dass wir uns gefunden haben.

Ein dickes Dankeschön geht darüber hinaus an die Buch-Bubble auf Instagram. Insbesondere an die liebe Lisa von @lies.das.mal und an die liebe Saskia von @vombuchberuehrt. Vielen Dank für den tollen Austausch mit euch.

Zum guten Schluss bedanke ich mich ganz herzlich bei euch, meinen Leser*innen! Schön, dass ihr meine Bücher für euch entdeckt habt. Auf Instagram: @miri.smith.autorin oder auf meiner Homepage: www.mirismith.de findet ihr übrigens noch mehr Infos zu mir und meinen Büchern.

Ich wünsche euch eine wunderschöne Weihnachtszeit!

Alles Liebe

Eure Miri Smith

Weitere Veröffentlichungen

Einfach cosy …

Ob Krimi oder Romance, ich schreibe
Geschichten zum Wohlfühlen!

Hier findet ihr eine Übersicht meiner Romane.
Viel Spaß beim Stöbern!

Liebesromane:

Die Jolly Tree Reihe – Weihnachten im verschneiten Vermont

„Für Fans humorvoller, knisternder Liebesgeschichten"
„Weihnachtsgeschichten mit ganz viel Herz zum Wohlfühlen
und Träumen"

Band 1: Die Liebe kommt in Wollsocken
(als E-Book, Taschenbuch und Hörbuch)

Band 2: Eisprinzen küsst man nicht
(als E-Book und Taschenbuch)

Sommerstrandliebe

Ein Sommerroman über Selbstfindung und die große Liebe
in Holland

Cosy Crime (Crime meets Romance):

Die Elsy Moore Reihe – Atmosphärisch, schlau, witzig und mit ganz viel Herz!

In der Elsy Moore Reihe dreht sich alles um die junge Hobbydetektivin Elsy Moore und das schrullige Dörfchen Stricktony im Herzen von Devon.

Ihr mögt Spannung und ein kniffliges Rätsel? Ihr habt Lust auf Urlaub in England, und zwar von zu Hause aus?
Und eine süße Romanze darf auch nicht fehlen?
Ihr seid Dackelfans und liebt gutes Essen?
Dann seid ihr bei Elsy Moore genau richtig!

Band 1: Elsy Moore und der Teetassenmörder
(als E-Book, Taschenbuch und Hörbuch)

Band 2: Elsy Moore: Ungesund ist der Tod
(als E-Book, Taschenbuch und Hörbuch)

Band 3: Elsy Moore: Das Böse eines Sommers
(als E-Book und Taschenbuch)

Gut zu wissen: Alle Bände von „Elsy Moore" sind in sich abgeschlossen und unabhängig voneinander lesbar.